CARTA AO PAI

E OUTRAS HISTÓRIAS

Título original: ***Brief an den Vater***

Direção Editorial Ethel Santaella

Tradução Nelson Camargo
Revisão e preparação Bianca Oliveira/Madrigais Editorial
Capa, Projeto Gráfico e Diagramação We2 Design
Imagem de capa Jantar a Luz de Lamparina, Félix Vallotton (capa B)

Dados Internacionais de Catalogação na Publicação (CIP)
(eDOC BRASIL, Belo Horizonte/MG)

K11c Kafka, Franz, 1883-1924.
Carta ao pai e outras histórias / Franz Kafka; tradução Nelson Camargo. – São Paulo, SP: Lafonte, 2025.
112 p. : 15,5 x 23 cm

Título original: Brief an den Vater
ISBN 978-65-5870-653-3 (Capa A)
ISBN 978-65-5870-654-0 (Capa B)

1. Ficção austríaca. 2. Literatura austríaca – Contos. I. Camargo, Nelson. II. Título.
CDD At833

Elaborado por Maurício Amormino Júnior – CRB6/2422

Impressão e acabamento
Gráfica Oceano

Editora Lafonte

Av. Profª Ida Kolb, 551, Casa Verde, CEP 02518-000, São Paulo-SP, Brasil - Tel.: (+55) 11 3855-2100
Atendimento ao leitor (+55) 11 3855-2216 / 11 3855-2213 - atendimento@editoralafonte.com.br
Venda de livros avulsos (+55) 11 3855-2216 – vendas@editoralafonte.com.br
Venda de livros no atacado (+55) 11 3855-2275 – atacado@escala.com.br

FRANZ KAFKA

CARTA AO PAI E OUTRAS HISTÓRIAS

Tradução
Nelson Camargo

Brasil ◆ 2025

Lafonte

KAFKA
KAFKA
KAFKA
KAFKA
KAFKA

SUMÁRIO

CARTA AO PAI

CARTA AO PAI

Queridíssimo pai,

Não há muito tempo, você[1] me perguntou por que afirmo ter medo de você. Como de costume, não consegui responder, em parte por medo, em parte porque as causas desse medo envolvem tantos pormenores que eu não poderia explicar completamente apenas falando. Se agora tento dar uma resposta por escrito, ainda assim será de forma incompleta, pois também por escrito o medo e suas consequências me limitam em relação a você, e a importância do assunto ultrapassa, em muito, a capacidade de minha memória e do meu entendimento.

Para você, essa questão sempre foi algo muito simples, pelo menos quando falava na minha presença e, indiscriminadamente, também diante dos outros. Parecia ser algo como: você trabalhou duro a vida inteira, sacrificou tudo pelos filhos, especialmente por mim, ou seja, sempre tive tudo do bom e do melhor, liberdade para estudar o que quisesse, não precisei me preocupar com meu sustento, nem com coisa alguma. Você nunca cobrou gratidão por isso, pois sabe como é "gratidão de filhos", mas desejou receber pelo menos algum sinal de reconhecimento, de solidariedade. Em vez disso, eu me escondia de você, no meu quarto, com meus livros, ou com amigos doidos de ideias extravagantes; nunca falei com você abertamente; nunca

1 Kafka se dirige ao pai de modo informal, com o pronome *Du* (tu, você), como é usual nos países de língua alemã.

fui com você ao templo[2]; nunca o visitei em Franzensbad[3] nem demonstrei qualquer indício de sentimento de família; nunca me interessei pelos seus negócios ou demais ocupações; larguei a fábrica[4] nas suas mãos e fui embora; encorajei a obstinação de Ottla[5] e nunca mexi um dedo por você (nunca lhe trouxe nem mesmo um ingresso de teatro), embora faça tudo para meus amigos. Se você chegar a uma conclusão sobre mim, o resultado será que, embora não tenha jamais me acusado de fazer algo impróprio ou maldoso (exceto, talvez, meu último plano de casamento), me acusa, porém, de frieza, estranhamento e ingratidão. E faz isso de modo como se fosse por minha culpa que as coisas não foram diferentes, como se bastasse uma mudança de direção, enquanto você não teria culpa de nada, a não ser o fato de ter sido bom demais para mim.

Considero essa sua visão correta apenas na medida em que você não tem culpa alguma pelo estranhamento que há entre nós. Bom, eu também não tenho culpa alguma. Só queria que você reconhecesse que seria possível ter uma nova vida – talvez estejamos muito velhos para isso – mas uma espécie de paz, não uma cessação, mas ao menos um abrandamento de suas intermináveis reprimendas.

É estranho, mas você tem ideia do que quero dizer. Por exemplo, há pouco você me disse: "Sempre tive carinho por você, mesmo que não tenha demonstrado isso como outros pais, até porque não posso fingir como os outros". Sabe, pai, nunca duvidei de sua bondade em relação a mim, mas a observação não está correta. Você até pode fingir que está, mas daí afirmar que os outros pais são fingidos é apenas sua opinião, que não merece ser discutida, mas – esta é a minha opinião – essa afirmação pode ser

2 *Tempel* no original; trata-se de uma sinagoga.
3 Atual Františkovy Lázně, estação de águas na República Tcheca.
4 O pai de Kafka era comerciante, não industrial. A palavra *Fabrik* (fábrica) pode ter sentido irônico.
5 Irmã de Kafka.

uma maneira velada de expressar que algo não vai bem entre nós, e que você contribuiu para isso, ainda que não por sua culpa. Se foi isso o que você quis dizer, estamos de acordo.

Não quero dizer, evidentemente, que me tornei o que sou por sua causa. Seria um grande exagero (ainda que eu esteja inclinado a esse exagero). É bem possível que se eu tivesse crescido livre de sua influência, ainda assim não teria me tornado alguém que você admiraria profundamente[6]. Eu provavelmente seria fraco, medroso, hesitante, agitado, não seria Robert Kafka nem Karl Hermann, mas alguém muito diferente do que sou e pode ser que nos déssemos muito bem. Eu seria muito feliz se você fosse meu amigo, chefe, tio, avô ou até mesmo meu padrasto. Mas como pai você é demasiado forte para mim, principalmente porque meus irmãos morreram pequenos e minhas irmãs vieram bem mais tarde, tive de suportar esse primeiro golpe sozinho, e eu era muito fraco para isso.

Vamos nos comparar: eu, de forma bem resumida, um Löwy, com certa base kafkiana, mas não movido pelo impulso kafkiano para a vida, para os negócios, mas por um ímpeto kafkiano mais secreto, mais tímido, que vai para outra direção, que frequentemente deixa de funcionar. Você, ao contrário, é um verdadeiro Kafka em força, saúde, apetite, potência vocal, eloquência, satisfação consigo mesmo, supremacia, persistência, presença de espírito, conhecimento da natureza humana, uma certa generosidade, evidentemente com todos os erros e fraquezas que acompanham essas qualidades, erros que você comete em decorrência de seu temperamento e às vezes pelo seu pavio curto. Você não é completamente um Kafka na sua visão geral de mundo, na medida em que posso compará-lo com

---

6 *Mensch nach Deinem Herzen*, ao pé da letra significa "pessoa conforme o seu coração", expressão idiomática que pode ser traduzida como "pessoa inspiradora" ou "pessoa digna de admiração".

os tios Philipp, Ludwig e Heinrich. É estranho, algo não está claro para mim. Todos eles são ainda mais alegres, mais joviais, mais informais e relaxados que você – e menos severos (nesse quesito herdei muito de você, e cuidei muito bem dessa herança, ainda que não tenha os contrapesos necessários em meu ser, como você tem). Nesse aspecto, você passou por diferentes períodos, talvez fosse mais alegre antes de os filhos, principalmente eu, o decepcionarem, e você ficar deprimido em casa (quando apareciam amigos você era bem diferente), e talvez esteja mais alegre agora porque os netos e o genro lhe deram um pouco do calor humano que os filhos, exceto talvez Valli[7], nunca puderam lhe dar. Em todo caso, éramos tão diferentes, e nessa diferença tão perigosos um para o outro, que se alguém tentasse calcular antecipadamente como nos comportaríamos no futuro, eu, a criança que se desenvolvia lentamente, e você, o homem-feito, chegaria à conclusão de que você me esmagaria, e nada restaria de mim. Isso não aconteceu, porém, o que é vivo não pode ser calculado, mas talvez algo pior tenha acontecido. Por isso peço que você nunca esqueça que nem de longe acreditei que você fosse culpado. Sua influência sobre mim foi inevitável, não poderia ser de outro modo, mas você bem que poderia deixar de considerar que esse efeito foi pura maldade de minha parte.

Eu era uma criança medrosa, e era teimoso, como são as crianças; certamente fui mimado pela minha mãe, mas não creio que fui muito rebelde. Mas se você me tivesse dito uma palavra amiga, se você pegasse na minha mão, com um olhar amigável, duvido que não obteria de mim o que bem entendesse. Agora você é uma pessoa doce e gentil (o que se segue não vai de encontro a essa afirmação, falo aqui da impressão que você deixou em uma criança), mas nem toda criança tem a per-

7 Irmã de Kafka.

sistência e o arrojo necessários para procurar por essas qualidades. Você pode tratar uma criança da maneira como você mesmo foi criado, ou seja, com força, confronto e ira, o que neste caso parecia a você bastante adequado, pois queria me criar como um jovem forte e corajoso.

Hoje não posso descrever precisamente essa forma de educação dos primeiros tempos, mas posso fazer um relato aproximado com base nos últimos anos e na forma como você tratou Felix[8]. O que torna as coisas piores é que você era mais jovem, e consequentemente mais vivaz, mais temperamental, ainda mais indiferente do que é hoje, ainda mais ligado aos negócios, dificilmente tinha um dia para mim, algo que me causou uma profunda impressão, que dificilmente vou aceitar algum dia.

Há um único episódio dos primeiros dias de que me lembro com clareza. Talvez você se lembre também. Numa noite eu implorava por água, não porque tinha sede, mas em parte para te irritar, em parte para me divertir. Você me deu broncas que não tiveram efeito, e então me arrancou da cama, me levou para o *pavlatche*[9] e me deixou lá sozinho, de pijama, diante da porta trancada. Não quero dizer que isso foi injusto, talvez não houvesse outro meio de ter uma noite tranquila, mas agora quero descrever a maneira como me educou e que efeitos essa educação teve sobre mim. Eu era até então bastante obediente, mas foi algo que me feriu por dentro. Devido à minha natureza, nunca consegui entender a relação entre meu pedido insensato de água e o fato de ser arrastado para fora do quarto. Por anos sofri com o fato de que o homenzarrão, meu pai, quase sem motivo veio até a minha cama e me levou até o *pavlatche*, e que isso significava que eu era apenas uma nulidade para ele.

Este foi apenas o início da sensação de nulidade, que me

---

8 Sobrinho de Kafka; neto de seu pai.

9 Palavra tcheca que designa um tipo de balcão aberto presente em algumas casas da Áustria e da República Tcheca.

dominou com frequência (um sentimento que, por outro lado, pode ser nobre e frutífero), e surgiu provavelmente por sua influência. Eu só precisava de um pouco de encorajamento, um pouco de amizade, só precisava ter um caminho aberto, mas em vez disso você me bloqueou, com boas intenções, é claro, para que eu seguisse por outro caminho. Mas não consegui. Você me encorajava, por exemplo, quando eu fazia saudações ou marchava corretamente, mas eu não tinha vocação para ser soldado, e você me encorajava quando eu comia com apetite, e até quando tomava cerveja, quando cantava canções que não compreendia ou quando repetia suas frases favoritas, mas nada disso pertencia a meu futuro. É notável como ainda hoje você só me encoraja em alguma coisa quando está envolvido, quando está em questão sua própria autoestima, que prejudico – por exemplo, com meus planos de casamento –, ou quando prejudica a mim mesmo – quando, por exemplo, Pepa[10] me xinga. Então sou encorajado, sou valorizado, me indicam as partidas nas quais devo tomar parte, e Pepa será inapelavelmente condenado. Considerando que na minha idade sou praticamente insuscetível a encorajamentos, de nada me adiantaria ser encorajado, pois a questão se refere somente à minha pessoa.

Mas naqueles anos eu precisava de encorajamento. Sua mera presença física me intimidava. Eu me lembro, por exemplo, que frequentemente nos despíamos em uma cabine de banho. Eu magro, fraco, franzino; você forte, grande, corpulento. Ainda na cabine eu me sentia miserável, não diante de você, mas do mundo inteiro, pois para mim você era a medida de todas as coisas. Saíamos da cabine e íamos ao encontro das pessoas, você me levava pela mão, eu era um esqueletozinho, inseguro, que andava descalço nas tábuas, com medo da água, incapaz de imitar seus movimentos quando nadava, que você, com a melhor das intenções, mas para minha suprema humilhação, ten-

10 Josef Pollak (Pepa), marido de Valli.

tava me ensinar, e eu me desesperava, e nesses momentos eram como se todas as minhas experiências ruins se reunissem. Era melhor para mim quando você se despia primeiro e eu ficava sozinho na cabine, assim podia adiar a vergonha de me mostrar em público, até você ir ver o que eu estava fazendo e me arrastar para fora da cabine. Eu era grato por você não notar a minha angústia, e eu também tinha orgulho do corpo de meu pai. A propósito, essa diferença entre nós persiste até hoje.

A isto corresponde sua supremacia mental. Você foi tão longe em razão de sua própria força que tem uma confiança ilimitada em suas opiniões. Foi algo que não me impressionou tanto quando criança quanto como o menino que se tornava homem. Da sua poltrona, você governava o mundo. Sua opinião era a correta, quaisquer outras eram loucas, exageradas, insanas[11], não eram normais. Sua autoconfiança era tão grande que você não precisava ser coerente, e mesmo assim não renunciava à razão. Também acontecia de você não ter opinião alguma sobre um assunto e consequentemente todas as possíveis opiniões deveriam estar erradas, sem exceção. Você poderia por exemplo xingar os tchecos, e depois os alemães, e depois os judeus, não apenas de modo seletivo, mas em todos os aspectos e, por fim, ninguém era poupado, só você. Para mim, você tem a misteriosa qualidade que todos os tiranos têm, cujos direitos se baseiam na pessoa deles, e não na razão. Pelo menos era o que me parecia.

Quando se tratava da minha pessoa, você estava surpreendentemente certo na maioria das vezes. Não nas conversas, pois quase não conversávamos, mas na vida real. De fato, não era muito difícil de entender o porquê. Em todas as minhas ideias eu estava sob forte pressão sua, especialmente em relação às ideias que não estavam de acordo com as suas. Todas

11 No original *meshugge*, palavra ídiche que pode ser traduzida como "loucura".

as ideias que aparentemente estavam em desacordo com as suas foram desde o início condenadas; era quase como chegar a uma explicação duradoura e consistente. Não falo aqui de ideias elevadas, mas de resoluções infantis. Era preciso apenas estar feliz com alguma coisa, estar bem envolvido, voltar para casa e falar sobre isso, e a resposta era um suspiro irônico, um movimento de cabeça, um tamborilar dos dedos na mesa e frases como: "Já vi coisa melhor", "Queria ter as suas preocupações", "Não esquento a cabeça com isso", "O que você ganha com isso?" ou "Mas que coisa!". Claro, não poderia se esperar que você se entusiasmasse por ninharias de criança, uma vez que você tinha mais com o que se preocupar. Mas essa não é a questão. Na verdade, a questão é que você causava tanta decepção às crianças em virtude de sua natureza, em tudo oposta, oposição que só aumentou à medida que você acumulava bens materiais, de tal maneira que acabou se tornando um hábito, e se manifestava até mesmo quando você tinha a mesma opinião que eu; essas decepções de criança não eram decepções banais, pois, como se referiam a você, o todo-poderoso, me atingiram no âmago de meu ser. Coragem, determinação, confiança, a alegria por qualquer coisa não duravam se você fosse contra ou se simplesmente sua oposição pudesse ser aceita; e tinha de ser aceita em relação a quase tudo o que eu fazia.

Isso se aplica às ideias, bem como às pessoas. Bastava que eu tivesse um pequeno interesse em uma pessoa – o que não ocorria com muita frequência comigo, por minha natureza – para que você, sem qualquer consideração por meus sentimentos ou respeito por meus juízos, viesse com xingamentos, calúnias e ofensas. Pessoas ingênuas, infantilizadas, como o ator ídiche Löwy, tinham que pagar por isso. Sem conhecê-lo, você o comparava de uma maneira terrível (já me esqueci das palavras exatas) a um bicho asqueroso[12], e isso ocorria com frequência com pessoas de quem eu gostava, você tinha na ponta da língua o provérbio do cachorro e as pulgas[13]. Eu me lembro particularmente desse ator porque na época anotei o que você disse sobre ele, com o comentário: "Assim falava meu pai sobre o meu amigo (que ele nem conhecia), e só porque era meu amigo. Sempre poderei retrucá-lo com essa afirmação quando ele reclamar da minha falta de amor filial e de gratidão". Nunca entendi sua total falta de compreensão sobre a vergonha e o sofrimento que me causou com suas palavras e julgamentos, era como se você não tivesse ideia do seu poder. Certamente também o magoei com palavras, mas sempre soube, e isso me afligia, pois não podia me controlar, não podia desdizer o que havia dito, já me arrependia do que estava dizendo enquanto falava. Mas você me castigava com as palavras sem qualquer receio, não se importava com ninguém, nem enquanto falava, nem depois, todos eram impotentes contra você.

Assim foi sua forma de educação. Você tem, penso eu, um talento para a educação; estou certo de que seus métodos poderiam ter sido úteis para alguém como você, tal pessoa poderia considerar que suas palavras faziam sentido, não se preocuparia com mais nada e faria o que você ordenasse, tranquilamente. Quando criança, tudo o que você dizia era para mim como um mandamento divino, nunca me esqueci, ficou sendo o mais importante meio de julgar o mundo e, acima de tudo, de julgar a si mesmo, e aqui você falhou completamente. Quando criança, eu estava junto de você principalmente durante as refeições, e suas lições eram em grande medida lições de como se comportar à mesa. O que estava na mesa era para ser comido, a qualidade da

12 No original *Ungeziefer*, bicho rastejante, asqueroso, nojento. Kafka usa a mesma palavra para descrever a criatura na qual Gregor Samsa se transformou em *A metamorfose*.

13 Referência a um provérbio alemão: "quem se deita com um cachorro pega as pulgas dele".

comida não era objeto de discussão – mas você com frequência considerava a comida intragável; dizia que era "um grude", e que a besta (a cozinheira) havia estragado o prato. Em razão de seu grande apetite e de suas preferências, você comia tudo quente, bem rápido, em grandes bocados, e as crianças tinham de se apressar; havia um silêncio sombrio à mesa, quebrado por frases do tipo: "coma primeiro, fale depois" ou "mais rápido, mais rápido, mais rápido" ou, ainda, "veja, já comi faz tempo". Não podíamos morder ossos, mas você podia. Não podíamos sorver ruidosamente o vinagre, mas você podia. O mais importante era cortar o pão de forma correta, mas você o cortava com uma faca suja de molho, e tudo bem. Tínhamos de ter cuidado para não deixar cair migalhas no chão, mas embaixo da sua cadeira havia muitas. À mesa deveríamos nos ocupar somente com a comida, mas você limpava e cortava as unhas, apontava lápis, limpava as orelhas com palitos de dente. Por favor entenda, pai, estes são detalhes insignificantes, mas me deprimem porque você, um homem tremendamente autoritário, não observava em si os mandamentos que me impunha. Por isso o mundo para mim ficou dividido em três partes: uma em que eu, o escravo, vivia sob leis que eram impostas somente a mim, leis que, não sei por que, jamais poderia cumprir; uma segunda parte, que estava a uma distância infinita de mim, onde você vivia, ocupado com o comando, dando ordens e irritando-se quando não eram obedecidas; e por fim um terceiro mundo, onde todos eram felizes, não havia ordens nem leis para obedecer. Eu me sentia sempre um desgraçado; ou obedecia às suas ordens, o que era uma desgraça, pois se aplicavam somente a mim; ou as contrariava, o que também era uma desgraça, pois como poderia eu desafiá-lo?; ou eu não podia obedecer, pois não tinha, por exemplo, sua força, seu apetite, suas habilidades, ainda que você esperasse tudo isso de mim; esta era a maior desgraça de todas. Não foi isso que moveu as reflexões de uma criança, mas os seus sentimentos.

A posição em que então eu estava talvez fique mais clara se compará-la com a de Felix. Você o tratava de forma parecida, também empregava um método terrível de educação com ele, pois, quando, durante as refeições, ele fazia algo que você considerava pouco higiênico, você não se contentava apenas em dizer "você é um porcalhão", mas completava: "um autêntico Hermann" ou "tal como o pai". Talvez não magoasse realmente Felix – não se pode dizer nada além de "talvez" –, pois você era apenas o avô dele, um avô muito importante, ainda que não tão significativo quanto era para mim, e além disso Felix tinha um caráter mais tranquilo e, em alguma medida, másculo, que não se abalava muito com uma voz trovejante, uma vez que não tinha de se submeter continuamente a tal voz, e principalmente porque ficava pouco tempo com você. Além disso, estava sob outras influências, para ele você era uma curiosidade adorável, e ele podia escolher o que pegar disso. Para mim não havia nada de curioso, eu não tinha escolha, tinha de pegar tudo.

E isso sem poder contra-argumentar, pois você era incapaz de falar com calma sobre algo com que não estava de acordo ou que simplesmente não tivesse sido proposto por você; seu temperamento senhorial não permitia. Nos últimos anos você tem justificado essa atitude com suas palpitações[14], não sei se em algum momento você foi muito diferente, na prática suas palpitações são um meio para exercer de forma mais severa seu poder, pois a mera ideia dessa condição serve para refrear qualquer oposição das outras pessoas. Isto não é uma acusação, são apenas fatos. Quanto à Ottla: "Não se pode falar com ela, só falta pular no meu pescoço". Não se trata disso, porém você confunde a coisa com a pessoa. É a coisa que pula no seu pescoço, e você toma uma decisão sem ouvir a pessoa. O que vem

14 No original *Herzennervosität*, ao pé da letra significa "nervosismo ou ansiedade cardíaca", possível relação entre sintomas como palpitação e dores no peito causadas por nervosismo e ansiedade.

depois não pode convencê-lo, só irritá-lo. E só ouvimos você dizer: "Faça o que bem entender; não mando em você; você já é maior de idade; não tenho nenhum conselho para dar", e tudo isso num tom terrível de raiva e severa condenação, que ainda hoje me faz tremer, ainda que um pouco menos do que quando criança, porque o sentimento de culpa de criança foi parcialmente substituído pela constatação de nosso desamparo.

A impossibilidade de ter uma relação pacífica com você teve outra consequência, aliás muito natural: desaprendi a falar. É bem possível que eu nunca me tornasse um grande orador, mas teria dominado a linguagem cotidiana das pessoas. Desde cedo, porém, você me proibiu a palavra, ameaçava: "Não ouse me contrariar", erguendo a mão para mim. O que peguei de você – e você era, em relação a seus assuntos, um excelente orador – foi uma fala hesitante, gaguejante, e isso era demais para você, e por fim eu ficava em silêncio, em princípio por pirraça, mas depois porque não podia falar nem pensar na sua presença. E como foi você que me educou, isso teve efeitos permanentes na minha vida. É um grande erro você imaginar que não me submeti às suas vontades. "Ser sempre do contra" nunca foi na verdade meu princípio em relação a você, como você pensa, e como sempre me acusou. Pelo contrário, se eu tivesse lhe obedecido menos, você estaria mais satisfeito comigo. Mais do que isso, seus métodos de educação atingiriam com precisão o objetivo; não havia escapatória de seus grilhões, sou o que sou (com exceção, é claro, dos fundamentos e da influência da própria vida), o resultado de seus métodos de educação e da minha obediência. Esse resultado é penoso para você, ainda mais porque não está disposto a reconhecer que ele é consequência de seus métodos de educação, e também do fato de sua mão e da matéria que me constitui serem de natureza tão diversa. Você dizia: "Nem uma palavra para me contrariar!", e com isso queria silenciar forças opostas em meu ser, que lhe eram tão desagradáveis, porém o efeito sobre mim foi muito forte, pois eu era muito obediente; ficava quieto, me escondia, só ousava me mexer quando estava longe o suficiente para que seu poder não mais pudesse me alcançar. Enfim, tudo parecia contrariá-lo, embora fosse apenas a consequência de sua força e de minha fraqueza.

Seus métodos de educação eram extremamente eficazes, pelo menos sua retórica nunca falhou comigo, consistiam em: xingamentos, ameaças, ironia, risadas sarcásticas e – por incrível que pareça – autocomiseração.

Não me lembro se você me xingava de forma direta e explícita com palavrões. Mas não era necessário, você dispunha de muitos outros meios, tanto nas conversas em casa quanto no trabalho, os xingamentos eram tão abundantes que eu, apenas um menininho, ficava atordoado, e não tinha razões para não dirigi-los a mim também, pois as pessoas que você xingava provavelmente não eram piores do que eu, e, possivelmente, você não estava tão insatisfeito com elas como estava comigo. Eis aqui novamente sua enigmática inocência e inviolabilidade, você xingava sem se preocupar, mas os demais não podiam xingar, era proibido.

Os xingamentos eram reforçados com ameaças, e isto também se aplicava a mim. Tais palavras eram terríveis: "Vou cortar você em fatias como um peixe". Ainda que eu saiba que nada de mais grave me aconteceria, quando era menino, porém, não sabia, e assim tinha uma ideia do seu poder, achava que você seria capaz de fazer isso. Também era terrível quando você corria em volta da mesa berrando para agarrar um de nós, ainda que geralmente não quisesse agarrar ninguém, só fingia, e mamãe tinha de nos salvar, bom, era o que parecia. Para uma criança, parecia que mais uma vida fora salva por sua graça, era como uma dádiva imerecida. É o caso também de suas ameaças por desobediência. Quando eu começava a fazer algo que não o agradava, e você me ameaçava com a ideia de fracasso, minha reverência por sua opinião era tão grande que o fracasso era mesmo inevitável, ainda que acontecesse tempos depois. Perdi a confiança em minhas ações. Eu era inseguro, hesitante. Quanto mais velho eu ficava, mais elementos você reunia para comprovar a minha inutilidade. Aos poucos, suas conclusões foram se revelando corretas. Reafirmo que não fiquei assim só por sua causa, você só reforçou o que já existia, e reforçou muito, porque foi muito poderoso comigo, e usou plenamente esse poder.

Você depositava uma particular confiança na educação por meio da ironia, que representava da melhor maneira sua superioridade em relação a mim. Uma repreensão sua geralmente tinha esses termos: "Você não pode fazer isso dessa forma? Será que é demais para você? Por acaso não tem tempo para isso?", ou frases desse tipo. Cada pergunta era acompanhada de um riso ou uma expressão sarcástica. Éramos punidos antes mesmo de saber se tínhamos feito algo errado. Também eram irritantes as reprimendas em que éramos tratados na terceira pessoa, ou seja, não éramos dignos de merecer uma reprimenda pessoal, por exemplo, quando falava algo formal com mamãe, mas na verdade estava se dirigindo a mim, que estava sentado ao lado: "Claro que não podemos esperar isso de seu filho", e coisas assim. (Como resultado, eu não ousava fazer uma pergunta a você, o que mais tarde se tornou um hábito, eu não lhe fazia uma pergunta diretamente quando mamãe estava presente. Era bem menos perigoso perguntar à mamãe, que estava sentada a seu lado, e então perguntávamos a ela: "Como vai o papai?", e assim evitávamos surpresas.) Claro que havia ocasiões em que estávamos de acordo com a mais amarga ironia, especialmente quando se dirigia a outra pessoa, por exemplo Elli, com quem não me entendi por vários anos. Eu sentia prazer pela desgraça alheia[15] quando ouvia, durante as refeições,

15 *Schadenfreude*, ao pé da letra significa "alegria pelo dano", expressão que designa o contentamento que alguém sente quando ocorre algo de ruim ou desagradável com a pessoa de quem não se gosta.

algo do tipo: "Essa gorducha tem de se sentar a uns dez metros da mesa", e você na poltrona, rabugento, sem o menor traço de cordialidade ou de bom humor, se portava como um inimigo dela e debochava da maneira como ela se sentava. Quantas vezes se repetiram situações como essas, e o que você ganhou com isso? Acho que suas demonstrações de raiva e maldade eram desproporcionais ao que ocorria, não percebíamos que tamanha raiva era pelo fato de ela se sentar longe da mesa, mas na verdade era algo muito forte em você desde o princípio, e só faltava um pretexto para que você explodisse. Estávamos certos de que um pretexto surgiria de qualquer forma, não era preciso muito, e ficávamos entorpecidos por essas ameaças constantes e, aos poucos, tínhamos quase certeza de que não seríamos espancados. Fomos nos tornando crianças birrentas, desatentas, desobedientes, arredias e principalmente introspectivas. Você sofria, e nós também. Do seu ponto de vista, você estava certo quando com os dentes cerrados e uma risada gargarejante, o que dava às crianças uma primeira imagem do inferno, dizia com amargura (como fez recentemente em relação a uma carta de Constantinopla): "Mas que turma!".

Essa atitude em relação a seus filhos parecia ser incompatível com o fato de você se queixar em público, o que ocorria com frequência. Confesso que, quando criança (e talvez depois), eu não me importava com isso, e não entendia como você poderia esperar solidariedade de alguém. Afinal, você era um gigante em todos os sentidos; como poderia se importar com nossa compaixão ou nossa ajuda? Era algo que desprezaria, assim como nos desprezou muitas vezes. Nunca acreditei, porém, nessas queixas, e procurei alguma intenção secreta por trás delas. Mais tarde entendi que você realmente sofria por causa dos filhos, mas, na época, em circunstâncias diferentes, quando essas queixas poderiam obter uma solidariedade infantil, ingênua, espontânea, para mim pareciam uma maneira exagerada de me educar e me humilhar, por si só não tão fortes, mas com o efeito colateral nocivo de acostumar a criança a não levar a sério as coisas que deveria levar a sério.

Felizmente havia exceções, principalmente quando você sofria em silêncio, quando o amor e a gentileza, com toda a sua força, podiam superar os obstáculos. Era algo raro, mas maravilhoso. Nos primeiros anos, quando eu o via descansar no escritório após o almoço em uma tarde quente de verão, com o cotovelo na mesa; quando você se juntava a nós no campo aos domingos para aproveitar o verão; quando mamãe estava muito doente e você tremia, em lágrimas, apoiado na estante de livros; ou quando, durante minha última doença, você veio de mansinho até o quarto de Ottla, parou na soleira, esticou o pescoço para me ver na cama e, por consideração, me acenou. Naqueles momentos eu me estendia na cama e chorava de felicidade, e choro agora ao colocar isso no papel.

Você também tem um modo raro e belo de sorrir discretamente, um sorriso de satisfação e aprovação, que deixa muito felizes aqueles que o recebem. Não me lembro se me foi dirigido um sorriso assim na minha infância, mas é bem possível que tenha acontecido, por que você me negaria tal gesto se eu ainda era uma criança inocente em que você depositava esperanças? No longo prazo, porém, até essas manifestações amigáveis não serviram para nada além de aumentar o meu sentimento de culpa e tornar o mundo ainda mais incompreensível para mim.

Mas vou me ater ao que é factual e constante. Para me autoafirmar um pouco diante de você, em parte por uma espécie de vingança, logo comecei a notar pequenas coisas ridículas em você, que eu observava e depois exagerava. Por exemplo, como você parecia se deslumbrar com pessoas de posição social mais elevada que a sua e como parecia se gabar disso, como se fosse um

Conselheiro Imperial[16] ou algo do tipo (eu até ficava com pena porque você, meu pai, precisava dessas confirmações insignificantes sobre o seu valor, e se vangloriava delas). Notei também sua preferência por palavras indecentes, proferidas o mais alto possível, das quais você ria, como se tivesse dito algo de grande importância, mas na verdade eram apenas pequenas obscenidades (ao mesmo tempo, eram uma vergonhosa manifestação de sua força vital). Essas observações eram de fato numerosas, eu ficava feliz por tê-las coletado, pois inspiravam cochichos e piadas; às vezes você se zangava, considerava maldade, falta de respeito, mas para mim não eram nada mais que uma forma inadequada de autopreservação, eram piadas como as que se contam sobre deuses e reis, piadas que não apenas estão ligadas ao mais profundo respeito, mas que inclusive fazem parte dele.

Você também, considerando sua posição em relação a mim, procurou meios de autopreservação. Você se esforçava para destacar como eu estava me saindo bem e como era tão bem tratado. Isso está correto, mas não creio que tenha sido algo benéfico para mim, dadas as circunstâncias.

É verdade que mamãe era ilimitadamente boa para mim, mas tudo tinha relação com você, mas não era uma boa relação. Mamãe, inconscientemente, desempenhou o papel de batedor[17] em uma caçada. Se por acaso o seu método de educação alguma vez me forçou a ficar em pé, movido por desrespeito, negação ou até mesmo ódio, mamãe compensava isso tudo com gentileza, com palavras sensatas (na minha infância caótica, ela era o arquétipo da razão), e pela intervenção dela eu retornava ao seu círculo, do qual eu poderia ter escapado, o que teria sido benéfico para mim e para você. Ou, nos casos em que não havia qualquer possibilidade de reconciliação, mamãe simplesmente

---

16 *kaiserlichen Rat*, título de nobreza do Império Austríaco.

17 *Treiber*, "batedor", indivíduo que, em uma caçada, abre caminho à frente para os caçadores.

me protegia de você secretamente, me dava algo escondido ou permitia que eu fizesse algo, e diante de você eu era a criatura tímida, o impostor, o culpado, que por sua nulidade, só poderia obter até mesmo o que lhe era de direito por vias tortuosas. Claro que me acostumei a obter, por essas vias, até aquilo a que, na minha opinião, eu não tinha direito. E isso aumentou ainda mais o meu sentimento de culpa.

Também é verdade que você quase nunca me bateu. Mas os gritos, o seu rosto vermelho, a maneira como você soltava apressadamente os suspensórios e os pendurava na cadeira, eram coisas ainda piores. Era como estar prestes a ser enforcado. Se tivesse sido mesmo enforcado, estaria morto e tudo teria acabado. Mas presenciar todos os preparativos para o enforcamento e só saber que foi perdoado diante da corda será um sofrimento que vai perdurar pelo resto da vida. Além disso, foram muitas as ocasiões em que, na sua opinião, eu merecia uma surra, e por sua graça fui perdoado, o que novamente só aumentou meu sentimento de culpa. Em todos os aspectos eu era culpado, e tinha uma grande dívida com você.

Você sempre me reprovou – em particular ou na frente dos outros, você não se importava em nos humilhar, os problemas de seus filhos eram sempre públicos –, pois se vivíamos em paz, com conforto e abundância, era graças a seu trabalho. Penso nos comentários que literalmente escavaram sulcos no meu cérebro, como: "Quando tinha sete anos tinha de conduzir uma carroça pela aldeia", "Tínhamos de dormir todos no mesmo quarto", "Éramos felizes quando tínhamos batatas", "Por muitos anos tive feridas abertas nas pernas por falta de roupas de inverno", "Eu era menino quando fui enviado a Pisek[18] para trabalhar em uma loja", "Não levei nada de casa, nem quando estava no exército, eu é que mandava dinheiro para casa". "Mas

18 Cidade na Boêmia, região da República Tcheca.

apesar de tudo, meu pai era sempre meu pai. E hoje? O que sabem as crianças! Aqui ninguém teve de sofrer. Alguma criança de hoje é capaz de entender isso?". Essas histórias poderiam ter sido um excelente método educativo em outras circunstâncias, poderiam ter nos encorajado a enfrentar sofrimentos e privações que o pai havia superado. Mas na verdade você não queria isso, a situação era diferente em razão de seus próprios esforços, não haveria oportunidade para alguém se destacar da forma como você conseguiu. Tal oportunidade teria de ser criada pela força ou pela revolução, seria necessário sair de casa (desde que alguém tivesse determinação e força para fazê-lo, e que mamãe não tivesse se oposto por todos os meios). Mas você não queria nada disso, a que chamava de ingratidão, extravagância, desobediência, traição, loucura. Por um lado, você me conduzia com exemplos, histórias e humilhações, e por outro lado me proibia tudo com a maior severidade. Se não fosse assim, você deveria ter se alegrado com a aventura de Ottla em Zürau[19], por exemplo. Ela queria ir para a terra de onde você veio, queria ter trabalho e enfrentar as dificuldades, tal como você, não queria desfrutar de seus sucessos profissionais, assim como você era independente de seu pai. Era algo tão horrível? Algo muito distante de seu exemplo e de seus ensinamentos? Bem, os projetos de Ottla não resultaram em nada, eram ridículos, foram conduzidos de forma atabalhoada, e ela não teve muita consideração pelos pais. Mas foi só ela a culpada ou as circunstâncias contribuíram para o desfecho? E, acima de tudo, não foi porque você estava muito afastado dela? Se ela estivesse um pouco menos afastada em relação ao trabalho (como mais tarde você tentou convencer a si próprio) do que mais tarde em Zürau certamente você teria podido (considerando que poderia ter feito isso) tirar algo de bom dessa aventura, seja por incentivo, conselhos, seja até mesmo por tolerância?

19 Atual Siřem, cidade na Boêmia, região da República Tcheca.

Depois dessas experiências você costumava dizer, com amarga ironia, que estávamos indo muito bem. Mas na verdade não era piada. Nós obtivemos de suas mãos o que você teve de lutar para conseguir, uma luta que sempre foi aberta para você, uma luta da qual tampouco fomos poupados, é claro, e tivemos de lutar mais tarde, na vida adulta, mas com a força de crianças. Não digo que nossa situação é pior que a sua, provavelmente não é pior nem melhor – sem considerar que nossas naturezas são diferentes –, mas estamos em desvantagem, não podemos nos vangloriar de nossas dificuldades, tampouco humilhar alguém em razão disso, como você fez em relação às suas dificuldades. Não nego que teria sido possível que eu aproveitasse os frutos de seu excelente e bem-sucedido trabalho, e poderia ter dado continuidade, para sua grande alegria, mas aqui interfere nosso estranhamento. Poderia ter aproveitado o que você me deu, mas seria apenas com vergonha, cansaço, fraqueza, sentimento de culpa. Só poderia mostrar gratidão como um mendigo, e não com minhas ações.

Outro resultado visível desse método de educação é que eu fugia de tudo que me lembrasse remotamente de você. Em primeiro lugar, os negócios. Sobretudo quando criança, eu deveria ter ficado muito feliz por estar na loja, era um lugar tão cheio de vida, iluminado à noite, havia muito que ver e ouvir, sempre era possível ajudar em alguma coisa, destacar-se, e acima de tudo admirar seu grande talento para o comércio, o modo como você vendia, como lidava com as pessoas, como fazia piadas, incansável, nos casos de dúvida sabia tomar a decisão correta, e assim por diante; era um espetáculo vê-lo fazer embrulhos ou abrir caixotes, e no todo isto não era uma má escola para as crianças. Mas aos poucos você começou a me apavorar, você e os negócios iam ao meu encontro, e os negócios já me causavam desconforto. Coisas que eram naturais passaram a me atormentar e a me envergonhar, especialmente a forma como você tratava os funcionários. Não sei, talvez seja assim na maioria dos estabelecimentos (no meu tempo na Assecurazioni Generali[20], por exemplo, era bem parecido. Expliquei minha demissão ao diretor, sem dizer toda a verdade, mas também sem mentir completamente; disse que não podia mais suportar os insultos, ainda que não fossem diretamente dirigidos a mim, afinal, já estava bastante afetado pelos insultos que ouvia em casa), mas quando criança eu não me importava com outros negócios. Mas eu o ouvia gritar, xingar e ficar irado na loja, algo que, pensava eu, não acontecia em nenhum outro lugar do mundo. E não eram apenas os xingamentos, mas também outras formas de tirania. Como quando você jogava para fora do balcão mercadorias que não queria que se misturassem com outras - apenas a insensatez de sua parte quando estava com raiva justifica um pouco essa atitude - e como o funcionário tinha de recolhê-las. Ou o que você dizia sempre sobre um funcionário que aparentemente tinha doença do peito[21]: "Esse cão sarnento devia morrer logo". Você chamava os funcionários de "inimigos pagos", era isso mesmo o que eles eram, e ainda antes que o fossem, você era o "inimigo pagante" deles. Foi lá também que aprendi a grande lição: que você poderia ser injusto; não teria percebido isso tão rapidamente se já não tivesse acumulado tanto sentimento de culpa. Na minha opinião infantil, que mais tarde evidentemente se modificou um pouco, eram pessoas estranhas que trabalhavam para nós, e por isso tinham sempre de ter medo de você. Aqui e ali eu exagero, é claro, mas logo presumi que você deveria parecer tão terrível para essas pessoas como era para mim. Se tivesse sido assim, eles não poderiam ter vivido. Afinal, como eram adultos, a maioria com notáveis nervos de aço, suas broncas entravam por um ouvido e

20 Companhia de seguros onde Kafka trabalhou entre 1 de novembro de 1907 e 15 de julho de 1908, no escritório de Praga, na República Tcheca.

21 No original *lungenkranken*, forma popular de se referir a doenças pulmonares, especialmente a tuberculose.

saíam pelo outro, e acabavam por magoar mais a você do que a eles. Mas esse trabalho tornou-se insuportável para mim, pois me fazia lembrar fortemente o meu relacionamento com você. Independentemente de seus interesses empresariais e do seu desejo de poder, até mesmo como negociante, você já era tão superior a todos aos que ensinou seu ofício que nunca estava satisfeito com o que faziam, da mesma forma que nunca estava satisfeito comigo. É por isso que eu sempre estava do lado dos funcionários, e também porque não entendia, por medo, como alguém poderia insultar daquela forma pessoas estranhas, e, portanto, por medo tentava de alguma forma aproximá-lo dos funcionários – que com toda a certeza deveriam estar muito chateados com você e com nossa família –, nem que fosse para nossa própria segurança. Não bastava ter um comportamento normal e cortês com os funcionários, tampouco ser modesto, era preciso ser humilde, não apenas cumprimentá-los primeiro, mas se possível evitar que me cumprimentassem de volta. E se um ser insignificante como eu tivesse lambido os pés deles, não seria o suficiente para compensar o que você, o Senhor, que pairava acima deles, havia feito. Esse relacionamento que tive com os colegas ultrapassou o ambiente de trabalho e teve efeitos no futuro (algo semelhante, mas não tão perigoso e profundo como ocorreu comigo, é a preferência de Ottla em relacionar-se com pessoas pobres, como sentar-se com empregadas domésticas e coisas do tipo). Enfim, eu já estava quase com medo do trabalho, que havia muito não era a minha vocação, ainda antes de eu entrar para o ginásio[22], e acabei me afastando ainda mais. Além disso, parecia ser algo além das minhas capacidades, já que era difícil até mesmo para você. Minha aversão aos negócios, ao seu trabalho, era algo doloroso, e então você tentou (o que para mim é algo ao mesmo tempo comovente e humilhante) obter um pequeno deleite disso tudo, ou seja, dizia que eu não tinha

22 *Gymnasium*, escola secundária equivalente ao Ensino Médio do Brasil.

tino, que tinha ideias elevadas na cabeça, e por aí vai. Claro que mamãe ficou muito feliz com essa explicação que você arrancou de seu ser, e eu também, por minha vaidade e pelas minhas dificuldades, me deixei influenciar. Mas se foram apenas as "ideias elevadas" que me afastaram dos negócios (negócios que agora, e somente agora, eu sinceramente odeio), elas deveriam ter se manifestado de outra forma em vez de me deixar nadar tranquilamente até o ginásio e o curso de Direito, para acabar atracado na mesa de funcionário público.

Se eu quisesse fugir de você, teria de fugir da família, até de mamãe. Sempre era possível encontrar proteção junto a ela, mas só em relação a você. Ela o amava demais, era muito fiel a você para ser uma força espiritual autônoma para a luta de uma criança. Essa impressão infantil revelou-se verdadeira, afinal, à medida que os anos passavam, o vínculo dela com você tornava-se mais forte, ainda que, no que concerne a si própria, ela manteve a independência, nos limites mais estreitos, de maneira bela e delicada, sem magoá-lo, e ao longo dos anos aceitou de forma cada vez mais completa seus julgamentos e condenações, especialmente quanto ao caso de Ottla, que era grave, é claro, e fez isso mais pelo sentimento do que pela razão. É evidente que devemos levar em consideração como era difícil e estressante o papel de mamãe na família. Ela dava duro em casa e na loja, sofreu em dobro em todas as doenças da família, e o corolário disso tudo é que sofreu por estar em posição intermediária entre nós e você. Você sempre foi amoroso e atencioso com ela, mas não a poupou, e nós também não. Nós a azucrinávamos, e você também. Foi um desvio, não foi por maldade, pensávamos apenas na batalha que estávamos travando, e era mamãe que pagava por isso. Não foi bom para a educação das crianças o modo como você (naturalmente não por culpa sua) a atormentava. Parecia até que podia justificar o injustificável de nossa parte. Como ela sofreu por nós por sua causa, e por você por nossa causa, e nos incontáveis casos em que você estava certo, pois ela nos perdoava, ainda que esse "perdão" era por vezes apenas uma manifestação silenciosa e inconsciente de oposição a seu sistema. Claro que mamãe não teria suportado tudo isso se não tivesse tirado forças do amor que tinha por todos nós, e pelo contentamento que sentia por esse amor.

As irmãs estavam parcialmente a meu lado. A mais feliz no relacionamento com você era Valli. Como era mais próxima de mamãe, se submetia a você sem muito esforço ou sofrimento. Você também era um pouco mais amigável com ela, embora tivesse pouca substância kafkiana, porque ela lhe lembrava mamãe. Talvez fosse exatamente isso o que você queria; não sentia, como o restante de nós, que algo estava se perdendo e teria de ser resgatado pela força. Pensando bem, talvez você nunca tenha apreciado muito a manifestação do elemento kafkiano nas mulheres. Seu relacionamento com Valli poderia ter sido ainda melhor se não tivéssemos atrapalhado um pouco.

Elli é o único exemplo de alguém que teve sucesso ao romper com seu círculo e influência. Quando ela era criança, era a pessoa que eu menos esperaria que fosse capaz disso. Era desajeitada, desanimada, medrosa, mal-humorada, cheia de culpas, demasiado humilde, maldosa, preguiçosa, gananciosa e mesquinha, eu mal podia olhar para ela ou falar com ela, lembrava tanto a mim mesmo, era tão parecida comigo, influência dos mesmos poderes mágicos da nossa educação. Sua mesquinhez era particularmente abominável para mim, talvez porque fosse um traço ainda mais forte em mim. A mesquinhez é um dos sinais mais inequívocos de profunda infelicidade; eu era tão inseguro sobre tudo que só considerava possuir o que já tinha nas mãos ou na boca, ou pelo menos o que já estivesse a caminho, e era isto que ela, que estava em situação similar, mais gostava de tirar de mim. Mas tudo mudou quando ela, ainda jovem – e isso é o mais importante – saiu de casa, se casou, teve filhos e se transformou em uma pessoa mais feliz, despreocupada, corajosa, generosa, desapegada dos bens materiais, esperançosa. É quase inacreditável que você não tenha notado essas mudanças e não tenha reconhecido o valor de nada disso, cego que estava pelo ressentimento que sempre teve por Elli e que, no fundo, não se modificou, apenas ficou menos acentuado porque Elli não mora mais conosco, e, além disso, seu amor por Felix e seu carinho por Karl[23] o tornaram menos significativo. Só Gerti[24] ainda tem de suportar isso.

Quase não me atrevo a escrever sobre Ottla – poderia comprometer todo o efeito esperado dessa carta. Em circunstâncias normais, se ela não despertasse angústia ou perturbação, você apenas a odiaria. Você mesmo já manifestou a opinião de que ela só lhe causa sofrimento e raiva, e quanto mais sofre por causa dela, mais ela fica satisfeita e feliz. Pois ela é uma espécie de demônio. Há um tremendo estranhamento entre vocês, ainda maior do que o que há entre você e eu, para que tamanho mal-entendido seja possível. Ela é tão distante que você mal a vê, em vez disso vê um fantasma onde ela supostamente deveria estar. Reconheço que você passou por momentos difíceis com ela. Não entendo muito bem esse caso complicado, mas de qualquer modo havia um quê de Löwy, equipado com as melhores armas kafkianas. Entre nós não houve de fato uma briga, se houvesse, por mim estaria logo resolvido, mas o que restou foi fuga, amargura, tristeza, conflito interior. Vocês dois, porém, estavam sempre em posição de conflito, dispostos, com energia para a briga. Era uma visão a um tempo magnífica e desoladora. No início vocês eram muito próximos, até porque, entre nós quatro, Ottla era talvez a mais pura representação do casamento entre você e mamãe, e das forças ali envolvidas. Não sei o que rompeu o sentimento de felicidade que há entre pai e

23 Karl Herrmann, marido de Elli.
24 Filha de Elli e Karl Herrmann.

filha, mas foi algo semelhante ao que ocorreu comigo. De sua parte havia a tirania que lhe é intrínseca, e da parte dela o desejo de desafio, o sentimento, o senso de justiça, a inquietação típica de um Löwy, e tudo isso sustentado pela consciência do poder kafkiano. É possível que eu também a tenha influenciado, não creio que por minha vontade, mas pelo simples fato de minha existência. Além disso, ela foi a última a chegar a uma relação de poder já estabelecida, e assim pôde formar seu juízo com o material disponível. Posso até imaginar que ela, em seu íntimo, hesitou se deveria atirar-se nos seus braços ou nos de seus adversários, era óbvio que você falhou em alguma coisa na ocasião e a deixou de lado e, se tivesse sido possível, vocês poderiam ter sido uma dupla magnífica e harmoniosa. Eu teria perdido uma aliada, mas ver vocês juntos teria sido compensador, seria uma alegria inenarrável para mim se você tivesse ficado satisfeito com ao menos um dos filhos, eu teria uma imagem muito melhor de você. Hoje, porém, isto é só um sonho. Ottla não tem qualquer vínculo com o pai, tem de procurar seu caminho sozinha, como eu, e, em relação a mim, é mais segura, autoconfiante, saudável e determinada, a seus olhos é ainda mais malvada e traiçoeira do que eu. Entendo. Do seu ponto de vista, ela não poderia ser diferente. Sim, ela é capaz de olhar para si mesma com os seus olhos, de ter empatia pelo seu sofrimento – sem se desesperar, o desespero é algo meu – e ficar muito triste. Você nos vê juntos com frequência, numa aparente contradição, rindo e sussurrando, de vez em quando nos ouve falarmos de você. Tem a impressão de que somos conspiradores atrevidos. Conspiradores esquisitos. Até onde me lembro, você sempre foi o tema principal de nossas conversas e nossos pensamentos, mas não estávamos sentados juntos para planejar algo contra você, mas para discutir com todo empenho, com humor, com seriedade, com amor, revolta, raiva, relutância, resignação, sentimento de culpa, com todas as forças da mente e do coração esse processo terrível que paira entre nós, em todas as particularidades, considerando todos os lados, todas as circunstâncias, próximas ou distantes, um processo em que você sempre exigiu ser o juiz, ainda que, em boa medida (aqui deixo a porta aberta para os eventuais erros que tenha cometido), era uma parte tão fraca e iludida como nós.

Um exemplo instrutivo do impacto dos seus métodos de educação foi Irma. Por um lado, ela era uma estranha, veio para a loja já adulta, você era basicamente um chefe, e, portanto, ela estava apenas parcialmente sub sua influência, já tinha idade para resistir a isso; por outro lado, era uma parente de sangue, o venerava como o irmão do pai dela, e o poder que tinha sobre ela era muito maior que o de um simples chefe. Entretanto, ela, que apesar da constituição frágil era tão eficiente, esperta, esforçada, humilde, confiável, desapegada, fiel, que o amava como tio e o admirava como chefe, que comprovou seu valor em outros cargos, ainda, assim, antes e depois, nunca foi uma boa funcionária para você. O relacionamento dela com você era, até por influência nossa, quase infantil, e tão grande era o seu poder sobre as pessoas que, no caso dela (apenas em relação a você e, assim espero, sem o sentimento mais profundo de uma criança), acabou resultando em esquecimento, descuido, humor negro, talvez até um pouco de revolta, na medida em que era capaz de desenvolver essas atitudes, pois estava doente, e não estava muito feliz com a vida que tinha no próprio lar. Para mim, você acabou resumindo os muitos aspectos do seu relacionamento com ela em uma frase que se tornou clássica: "A finada[25] me deixou a maior bagunça!".

Eu poderia descrever outros setores por onde se estendeu sua influência e a luta contra ela, mas pisaria em terreno pouco firme e teria de fazer construções; mas enquanto você ficava

25 No original *Gottselige*, ao pé da letra sign=ifica "piedosa" ou "devota", -eufemismo para pessoas falecidas.

mais distante dos negócios e da família, mais amigável, tolerante, educado, atencioso e empático, se tornava (refiro-me às aparências) exatamente como um autocrata que está fora de seus domínios, onde não tem razões para exercer sua tirania, e que por isso pode se dar bem até com pessoas das mais baixas classes sociais. Na verdade, nas fotos em grupo tiradas em Franzensbad[26], por exemplo, você parecia um rei em viagem, tão grande e tão feliz que estava entre pessoas insignificantes e rabugentas. Os filhos poderiam ter se aproveitado disso, admito, mas teriam de ter sido capazes ainda na infância, o que era impossível; ou se eu, por exemplo, não tivesse de viver sempre na esfera de influência mais íntima, mas restritiva, como tive de fazer.

Não perdi apenas o senso de família, como você diz, pelo contrário, ainda o tinha, ainda que tenha sido principalmente negativo (tal senso, é claro, nunca acaba) para que eu me distanciasse de você. Os relacionamentos com pessoas de fora da família, porém, foram ainda mais prejudicados, e por sua influência. Você está completamente enganado se pensa que o que faço para os outros é por amor e lealdade, e nada faço para você e para a família por frieza e traição. Repito pela décima vez: eu provavelmente teria me tornado uma pessoa tímida e medrosa, mas daí até onde cheguei é um caminho longo e escuro. (Nesta carta, até agora silenciei sobre poucas coisas, intencionalmente, mas adiante terei de silenciar sobre o que é difícil – para mim e para você – confessar. Digo isso porque se o quadro geral se tornar de algum modo confuso, não pense que é por falta de evidências, pois há evidências mais do que suficientes para tornar o quadro ainda mais insuportável. Não é fácil encontrar um meio-termo.) Basta lembrar o que ocorreu nos primeiros anos: perdi minha autoconfiança em relação a você e em vez disso desenvolvi um ilimitado sentimento de culpa. (Para relembrar esse sentimento ilimitado, certa vez escrevi sobre al-

26 Atual Františkovy Lázně, estação de águas na República Tcheca.

guém, com precisão: "Ele teme que a vergonha vai sobreviver a ele".) Eu não podia mudar quando estava com outras pessoas, em vez disso tive mais consciência da minha culpa, pois, como já disse, tinha de reparar as maldades que você havia feito contra elas na loja, uma vez que tinha minha parcela de responsabilidade. Além disso, você sempre tinha algo contra as pessoas com quem eu me relacionava, abertamente ou secretamente, e tinha de resolver isso também. Você procurava despertar minha desconfiança em relação à maioria das pessoas, fosse no trabalho ou na família (cite uma única pessoa que tenha sido importante na minha infância e que você não tenha pelo menos uma vez criticado duramente), mas, estranhamente, não era algo que o abalava (você era forte o bastante para isso, e afinal era a marca registrada do senhor) – essa desconfiança (que por sinal nunca se confirmou quando eu era pequeno, pois por toda parte eu só via pessoas de uma excelência inatingível) transformou-se em desconfiança de mim mesmo, e num medo constante de tudo. De modo geral, eu não podia escapar de você. O fato de você estar errado sobre essa questão era devido ao fato de que não sabia nada sobre meus relacionamentos, estava desconfiado e com ciúmes (pois eu nego que você me ama?), e achava que eu teria de compensar em outro lugar a vida familiar que não tinha, uma vez que era impossível que fora do lar eu pudesse viver da mesma maneira. Aliás, quando criança eu encontrava certo consolo por desconfiar da minha capacidade de julgamento, dizia a mim mesmo: "Você está exagerando, considera coisinhas sem importância como grandes exceções, como fazem os jovens". Perdi esse consolo mais tarde, quando minha visão de mundo se ampliou.

O judaísmo também foi de pouca valia para escapar de você. A princípio, seria uma forma plausível de escapar, seria plausível que nós dois poderíamos ter nos encontrado no judaísmo, ou que a partir dele pudéssemos caminhar unidos. Mas que tipo de judaísmo herdei de você! Ao longo dos anos, tive umas três diferentes posições em relação a isso.

Quando criança eu me reprovava, de acordo com você, por não ir ao templo com a frequência que deveria, por não jejuar e coisas assim. Eu não pensava que estava fazendo mal a mim mesmo, mas a você, e o sentimento de culpa, que esteve sempre presente, me corroía.

Mais tarde, quando jovem, não entendia como você, com o quase nada de judaísmo que praticava, poderia me reprovar (pelo menos por devoção, como você dizia) por não ter me esforçado para praticar esse quase nada. Isso era, até onde eu podia entender, um nada, uma piada, nada mais que uma piada. Você ia ao templo quatro dias por ano, numa atitude antes de indiferença do que de seriedade, como os demais, fazia as preces por mera formalidade, às vezes me surpreendia ao mostrar uma passagem do livro de orações[27] que estava sendo recitado, e, no mais, enquanto eu estava no templo (isso era o mais importante), eu podia circular por onde quisesse. Eu bocejava e cochilava por horas a fio (só voltei a me entediar assim tempos depois, nas aulas de dança) e tentava aproveitar ao máximo as pequenas novidades que surgiam, por exemplo quando a Arca da Aliança[28] era aberta, o que me fazia lembrar das barracas de tiro ao alvo, onde, quando se acerta na mosca, uma gaveta se abre, com a diferença de que das gavetas das barracas poderia sair algo interessante, e ali só saíam bonecas velhas sem cabeça. Era algo assustador para mim, não apenas porque havia muitas pessoas com quem tínhamos contato próximo, mas também porque você mencionou por alto que eu também poderia ser chamado para ler a Torá[29]. Tremi por causa disso anos a fio. Na

27 Possível referência ao *siddur* e ao *machzor*, livros de orações da religião judaica.

28 Possível referência ao *Aron HaKodesh*, espécie de armário onde são guardados os rolos com a Torá.

29 No rito judaico, algumas pessoas na sinagoga são chamadas para ler passagens da Torá.

verdade, meu tédio não foi muito perturbado por isso, no máximo durante o Bar Mitzvá[30], para o qual bastava memorizar algumas coisas despropositadas, o que não levava a nada, a não ser a uma aprovação ridícula e, no que lhe diz respeito, a pequenos incidentes sem importância, como quando você era chamado para ler a Torá, e se saía bem, o que para mim era apenas um evento social, ou quando você permanecia no templo para o culto aos mortos[31], e eu era mandado de volta para casa, o que por muito tempo, pelo fato de ser mandado de volta e porque não participava de forma mais intensa, inconscientemente eu sentia que estava ocorrendo algo indecente. Assim era no templo, em casa era ainda pior, eu ficava restrito à primeira noite do *Seder*[32], que se aproximava cada vez mais de uma comédia, com direito a risos histéricos, até pela presença de crianças (por que você teve de se submeter a isto? Porque causou isso!). Este foi o material religioso que recebi, ao qual pode ser adicionada a mão estendida na direção dos "filhos do milionário Fuchs", que estavam no templo com o pai nos mais importantes feriados religiosos. Não entendo como alguém poderia fazer algo melhor com esse material do que livrar-se dele o mais rapidamente possível, o que seria para mim a ação mais devota.

Mais tarde, vi as coisas de modo diferente e constatei que possivelmente você acreditava que eu o traía de forma maldosa sobre essa questão. Você trouxe consigo um pouco de judaísmo da pequena aldeia que se assemelhava a um gueto, não muito, e que se perdeu um pouco mais na cidade e durante o serviço militar – ainda mais porque as impressões e memórias da juventude não eram suficientes para um modo de vida judaico e especialmente porque não precisava desse tipo de

30 Ritual de passagem à maioridade para os jovens judeus.
31 Possível referência ao *kadish*, oração aos mortos nas sinagogas.
32 Jantar cerimonial da primeira noite, ou das primeiras noites da *Pessach* (páscoa judaica).

apoio, pois era de uma raça muito forte, cuja personalidade dificilmente poderia ser abalada por inquietações religiosas, a menos que estivessem misturadas com inquietações sociais. Basicamente, a fé que norteou sua vida foi a absoluta confiança nas opiniões de uma determinada classe social judaica, e como tais opiniões estavam de acordo com a sua natureza, você as aceitou. Aqui também havia judaísmo suficiente, mas era muito pouco para ser transmitido aos filhos, uma vez que se perdeu pelo caminho. Em parte porque eram impressões da juventude que não podiam ser passadas adiante e em parte por sua natureza temível. Também era impossível que uma criança, que se tornara muito observadora em decorrência do medo, entendesse as pequenas banalidades que você praticava em nome do judaísmo, com uma indiferença proporcional às banalidades, e que isso tivesse grande significado. Para você só tinham sentido como reminiscências dos primeiros anos e por isso queria compartilhá-las comigo, mas como não tinham mais valor para você, teve de fazê-lo com persuasão e ameaças; por um lado, é claro que não podia dar certo, e, por outro, como não reconhecia a fraqueza da sua própria posição, você se irritava com minha aparente teimosia.

Claro que isso tudo não é um fenômeno isolado, algo parecido ocorria com grande parte da geração de transição dos judeus, que se mudou de um ambiente rural, que era ainda devoto em comparação com as cidades; foi algo natural, mas acrescentou ainda mais dores ao nosso relacionamento, que já não faltava amargura. Assim como eu, você acreditava não ter culpa nenhuma por isso, justificava essa ausência de culpa por sua natureza e pelas circunstâncias, e não apenas pelas circunstâncias externas, para não dizer que tinha muito trabalho e muitas preocupações para se ocupar com coisas desse tipo. Desse modo, você voltava sua inquestionável inocência para fazer acusações injustas contra os outros. Ora, isso é muito fácil de refutar. Não se trata da educação que você deveria ter dado aos filhos, mas de uma vida exemplar; se o seu judaísmo fosse mais forte, seus exemplos seriam mais efetivos, e isto não é uma acusação, mas uma refutação de suas acusações. Há pouco, você leu as memórias da juventude de Franklin. Dei esse livro a você propositadamente, e não, como você observou com ironia, por causa de uma pequena passagem sobre vegetarianismo, mas em razão do relacionamento do autor com o pai, que é descrito no livro, e o relacionamento do autor com o filho, e como essas impressões se revelam para o filho, para o qual foram escritas. Não quero dar mais detalhes aqui.

Obtive uma certa confirmação de seu tipo específico de judaísmo pelo seu comportamento nos últimos anos, quando pareceu a você que eu estava mais ocupado com questões judaicas. Você tem uma aversão antecipada por todas as minhas inclinações e interesses, e quanto a isso não foi diferente. Mas era de se esperar que você fizesse uma pequena exceção. Afinal, tratava-se do judaísmo, do seu judaísmo, e, portanto, uma possibilidade de um novo relacionamento entre nós. Não nego que, se você tivesse demonstrado algum interesse, eu teria ficado desconfiado. Quanto a isso, não sou de forma alguma melhor que você. Mas foi algo que nunca passou por uma avaliação. Por minha responsabilidade, o judaísmo tornou-se insuportável para você, “algo que o enoja”. Talvez signifique que o único judaísmo certo foi o que você me mostrou quando eu era criança, aquele era o único correto, fora disso não há nada. Mas era algo inimaginável você insistir com isso. A “náusea”, portanto (sem considerar o fato de que era contra mim, e não contra o judaísmo), significava apenas que você inconscientemente reconhecia a fraqueza de seu judaísmo e de minha educação judaica, não queria ser lembrado disso de forma alguma, e reagia a quaisquer lembranças com ódio explícito. A propósito, sua avaliação negativa de meu judaísmo era muito exagerada; em primeiro lugar, porque foi acompanhada de suas imprecações, e, em segundo lugar, seu desenvolvimento foi decisivo para o relacionamento com outras pessoas, e no meu caso foi fatal.

Sua aversão era ainda maior pela minha escrita, e a tudo o que você desconhecia e que estivesse relacionado a ela. Quanto a isso, consegui me afastar de você pelos meus próprios esforços, ainda que me trouxesse à lembrança uma minhoca que, com a parte posterior pisoteada, livra a parte anterior do corpo e segue rastejando. Eu estava seguro até certo ponto; pude respirar aliviado, sua aversão pela minha escrita era até bem-vinda. Minha vaidade e minha ambição foram abaladas pela forma, para nós famosa, como você recepcionava meus livros: "Coloquem no criado-mudo!" (geralmente você estava jogando cartas quando os livros chegavam), mas eu ficava feliz, não por maldosa rebeldia, não pela alegria por mais uma confirmação do estado de nosso relacionamento, mas era algo espontâneo, pois soava para mim como: "Agora você está livre!". Claro que era pura ilusão, eu não estava livre, ou melhor, ainda não estava. Meus escritos eram sobre você, por escrito eu podia me queixar, algo que não podia fazer cara a cara. Eram de fato uma despedida longamente planejada, ainda que forçada por você, mas que tomou o curso que eu queria. E como era pouco! Só vale a pena falar sobre isso porque foi algo que ocorreu em minha vida, de outro modo não seria digno de nota, na infância como intuição, mais tarde como esperança, e depois dominou minha vida como desespero, e ditou – novamente à sua semelhança – minhas poucas e pequenas decisões.

Por exemplo, a escolha da profissão. Claro, você me deu plena liberdade, à sua maneira generosa e até paciente. Na verdade, agiu de acordo com os padrões gerais da classe média judaica, ou pelo menos adotou os valores dessa classe social. Sua falta de compreensão quanto à minha pessoa também teve um papel aqui. Por orgulho paterno, por desconhecimento de minha essência e por conclusões decorrentes de minha fraqueza, você me considerava bastante esforçado. Você dizia que quando criança eu estava sempre estudando, e mais tarde ficava escrevendo. Nada mais distante da verdade. Na verdade, pode-se dizer que estudei pouco e não aprendi nada; minha mente reteve alguma coisa em todos esses anos, minha capacidade mental não era tão ruim, afinal, ainda que não seja notável, mas a soma total de conhecimentos, e especialmente a fundamentação desses conhecimentos, eram lamentáveis, considerando o tempo e o dinheiro gastos com alguém que tinha uma vida aparentemente despreocupada e tranquila, especialmente em comparação com quase todas as pessoas que conheço. É lamentável, mas compreensível. Sempre tive, até onde me lembro, as mais profundas preocupações com minha vida espiritual, de modo que todo o resto me era indiferente. Entre nós, os ginasianos judeus são um pouco estranhos, no meio deles há o que é mais improvável, mas a minha indiferença fria, indisfarçável, imperturbável, tão desajeitadamente infantil, que chega a ser ridícula, uma indiferença animalesca e ensimesmada, de uma criança fria e fantasiosa, isso não encontrei em mais ninguém, o que não era nada mais que a única defesa contra uma perturbação nervosa causada pelo medo e pela culpa. Eu me preocupava somente comigo mesmo, e de várias maneiras. Por exemplo, a preocupação com a saúde: começou de modo quase imperceptível, pequenas inquietações com a digestão, com a queda de cabelos, com o encurvamento da coluna e outras coisas, que se acentuou progressivamente, até resultar numa doença real. Mas eu não tinha certeza de nada, a cada instante precisava de uma nova conformação de minha existência, nada era meu de forma clara, indubitável, exclusiva, nada era determinado de modo inequívoco por mim, pois na verdade eu era um filho deserdado, e naturalmente fiquei inseguro quanto ao que estava mais próximo de mim, isto é, meu próprio corpo; fiquei alto, e não sabia como lidar com isso, o fardo era muito pesado, minhas costas se encurvaram, mal ousava me movimentar ou me exercitar, e fiquei fraco; espantosamente tinha uma boa digestão, era um milagre, foi o que bastou para perder até isso, e o caminho estava aberto para todo tipo de hipocondria, até que, pelo desejo sobre-humano de me casar (ainda vou falar sobre isso), o sangue veio dos pulmões[33], e o apartamento no Schönbornpalais[34], do qual pensei necessitar para escrever, e onde escrevi estas páginas, deve ter tido uma parcela de influência. Nada disso foi resultado de excesso de trabalho, como você sempre pensou. Houve anos em que passei mais tempo descansando no sofá, em pleno gozo da saúde, do que você na vida toda, incluindo suas doenças. Quando dizia estar terrivelmente ocupado para fugir de você, geralmente ficava no meu quarto. Meu desempenho geral no trabalho, fosse no escritório (onde a preguiça não é algo particularmente notável, e a minha ficava oculta pela timidez), fosse em casa, era pífio; se soubesse o que de fato acontecia, você ficaria horrorizado. Talvez eu não fosse realmente preguiçoso, mas não havia nada para fazer. No lugar onde morava fui rejeitado, condenado, reprimido; escapar para outro lugar era muito estressante, mas não era trabalho, era algo impossível, e com poucas exceções inteiramente inatingível para mim.

Foi nesse estado que tive liberdade para escolher uma profissão. Mas eu era capaz de usufruir dessa liberdade? Tinha ainda confiança em mim para escolher uma profissão de verdade? O valor que atribuía a mim mesmo dependia mais de você do que de qualquer outra coisa, assim como qualquer sucesso aparente. Por um instante eu me sentia fortalecido, mas por outro lado o seu peso me arrastava para baixo com cada vez mais

33 Kafka foi diagnosticado com tuberculose em 1917, dois anos antes de escrever esta carta, e faleceu da doença em 1924.

34 Palácio de Schönborn-Batthyány, edifício barroco em Viena, na Áustria, que pertenceu a uma família nobre. Alguns de seus cômodos eram alugados.

força. Nunca conseguiria ir além da escola popular[35], pensava, mas consegui, e até ganhei um prêmio; certamente não passaria na prova para o Ginásio[36], mas passei; certamente seria reprovado no primeiro ano do Ginásio, mas não fui, e segui sendo aprovado. Mas isto não me deu nenhuma confiança, ao contrário, estava sempre convencido – e sua expressão de desdém é prova disso – de que quanto mais eu progredisse, pior seria o resultado. Muitas vezes imaginei a terrível reunião de professores para investigar esse caso único e gritante (o Ginásio é o exemplo mais perfeito, mas era assim em todos os lugares onde estudei), a saber, para investigar como eu, o estudante mais incapaz e ignorante, havia passado no primeiro, no segundo e no terceiro ano, como havia conseguido penetrar sorrateiramente nesse curso, pois agora finalmente as atenções estavam voltadas para mim e naturalmente iriam me expelir dali, para júbilo dos justos, que finalmente estariam livres desse pesadelo. Não é fácil para uma criança conviver com essas visões. Nessas circunstâncias, como eu poderia me importar com as aulas? Quem poderia arrancar de mim uma faísca de interesse? Eu estava interessado nas aulas – não apenas nas aulas, mas em tudo o que estava em volta de mim nessa fase tão importante da vida – da mesma forma que um funcionário de banco que faz um desfalque e continua no emprego, que treme de medo de ser descoberto, ainda se interessa pelas pequenas transações bancárias. Tudo isso era tão insignificante, tão distante da questão principal. Assim foi até o exame de conclusão de curso[37], no qual passei em parte por trapaça, e depois as coisas se acalmaram, eu estava livre. Apesar da disciplina imposta no Ginásio, até então só me preocupava comigo mesmo, ainda mais agora, que estava

35 *Volksschulklasse*, literalmente "aulas na escola popular", equivalente aos Anos Iniciais do Ensino Fundamental no Brasil.

36 Havia na época uma espécie de exame de admissão para ingressar no *Gymnasium*, equivalente ao Ensino Médio no Brasil.

37 *Matura*, no original, ou *Abitur*, exame de conclusão de curso do Ensino Médio.

livre. Eu sabia, porém, que não tinha realmente liberdade para escolher uma profissão: quanto a essa questão, as matérias que estudei na escola não representavam quase nada, a questão era encontrar uma profissão que não afetasse demasiadamente a minha vaidade. Então o Direito foi uma escolha óbvia. Pequenas tentativas em outras áreas, motivadas por vaidade, por esperança sem sentido, como Química, que estudei por 15 dias, ou Alemão[38], que estudei por seis meses, só reforçaram essa convicção fundamental. Então estudei Direito. Isso significava que, poucos meses antes dos exames, eu alimentava o espírito com serragem, que já havia passado por milhares de bocas antes de chegar a mim, o que afetou fortemente meus nervos. Até que gostei disso, assim como, de modo semelhante, gostei do Ginásio e, mais tarde, de ser funcionário público; foram coisas que se adequaram bem à minha situação. De qualquer modo, foi uma premonição incrível, ainda criança eu já previa com clareza como seriam meus estudos e minha carreira. Não havia saída, eu havia desistido há tempos.

Não tive, porém, qualquer premonição sobre o significado e as possibilidades de um casamento para mim; até agora, este é o maior horror de minha vida, e ocorreu de modo totalmente inesperado. A criança se desenvolveu tão lentamente que este parecia ser um assunto muito distante; de vez em quando precisava pensar nisso, mas era impossível identificar a provação duradoura, decisiva e amarga que teria pela frente. Na verdade, os planos de casamento foram as maiores e mais esperançosas tentativas de escapar, e consequentemente seu fracasso foi igualmente grandioso.

Receio que, como fracassei nesse quesito, também vou fracassar na tentativa de tornar esses planos de casamento compreensíveis para você. Na verdade, o sucesso de toda a carta

38 *Deutschstudium*, referência ao curso universitário de língua e literatura alemãs.

depende disso, pois, por um lado, procurei reunir todas as forças positivas disponíveis, e, por outro lado, reuni também, com raiva, todas as forças negativas que tenho descrito como resultado da educação que você me deu, a saber: fraqueza, falta de autoconfiança, sentimento de culpa, o que definitivamente formou uma barreira entre mim e o casamento. Será algo difícil de explicar, pois passei tantos dias e noites pensando, vasculhando sobre isso, que minha visão se tornou borrada. A única coisa que pode facilitar, na minha opinião, é a sua total incompreensão do assunto; corrigir ligeiramente tamanha incompreensão não parece ser tão difícil.

Em primeiro lugar, você incluiu o fracasso de meus casamentos na lista de meus outros fracassos; não teria nada contra isso desde que você aceitasse minhas explicações anteriores. Na verdade, estão nessa lista, mas você subestima seu significado, e subestima a tal ponto que, quando falamos do assunto, é como se falássemos de coisas completamente diferentes. Ouso dizer que, em toda a sua vida, nada aconteceu de tão importante como eram para mim os planos de casamento. Não quero dizer com isso que você não vivenciou nada tão importante, pelo contrário, sua vida foi muito mais rica, mais cheia de preocupações e mais intensa que a minha, e é por isso mesmo que nada parecido ocorreu com você. É como se alguém tivesse de subir cinco degraus baixos, e outra pessoa somente um, e que, ao menos para ela, era mais alto que os cinco outros degraus somados; o primeiro não teria apenas superado os cinco, mas centenas e milhares a mais, teria tido uma vida que exigiu muito esforço, mas nenhum dos degraus que superou teve tamanha importância para ele como o que teve de superar apenas um, muito alto, impossível de superar com as próprias forças, um degrau onde não pôde subir e que tampouco consegue ultrapassar.

Casar, constituir uma família, aceitar todas as crianças que vierem, apoiá-las neste mundo inseguro e até guiá-las em certa medida é a melhor coisa que um ser humano pode fazer, estou convencido disso. O fato de tantos terem conseguido não é uma evidência em contrário, pois na verdade poucos conseguem realmente, e, além disso, esses poucos não "fazem" isso, é algo que "acontece" com eles; pode até não ser a melhor coisa, mas é algo grande e honroso (até porque não é fácil distinguir claramente o "fazer" e o "acontecer"). Por fim, não se trata dessa "melhor coisa", mas de uma aproximação grosseira, mas decente; não é necessário voar até o Sol, mas apenas rastejar até uma clareirazinha onde de vez em quando bate sol para se aquecer um pouco.

Como eu estava preparado para isso? Provavelmente mal. Está claro pelo que foi dito até agora. Na medida em que houve uma preparação individual direta, dadas as condições existentes, você não interferiu diretamente. Não poderia ser de outra forma, foram decisivos os costumes sexuais gerais de classe, povo e época. De fato, aqui você interferiu, não muito, pois tal interferência depende de confiança mútua, algo que não tínhamos muito antes dessa época decisiva, e não muito feliz, pois nossas necessidades eram completamente diferentes; o que me atiça mal pode tocar em você, e vice-versa, o que para você é inocente para mim é pecaminoso; o que não tem maiores consequências para você pode ser o último prego no meu caixão.

Lembro que fui uma vez passear com você e mamãe na Josefsplatz[39], perto do atual Länderbank[40], e comecei a falar sobre essas coisas interessantes de modo grosseiramente arrogante, afetado, orgulhoso, indiferente (não era verdade), frio (era verdade), gaguejando, como geralmente falava, e os critiquei por terem me mantido tão desinformado, pelo fato de ter sido guiado por meus colegas, por ter estado na iminência de passar por grandes perigos (isso era uma mentira descarada,

39 Praça no centro de Viena, Áustria.
40 Grande banco austríaco.

para posar de corajoso, pois em consequência da minha timidez nunca tive uma ideia exata do que eram os "grandes perigos"), e dei a entender que afinal já sabia tudo, felizmente, não precisava mais de conselhos e tudo estava bem. Comecei a falar porque desejava falar pelo menos um pouco sobre o assunto, e também por curiosidade, e por fim para me vingar de vocês de alguma forma, por alguma coisa. Você aceitou sem maiores problemas, conforme a sua natureza, disse algo como dar conselhos para que eu pudesse lidar com isso sem maiores riscos. Talvez eu quisesse arrancar de você uma resposta que poderia satisfazer a volúpia de uma criança bem alimentada com carne e outras coisas, inativa fisicamente, sempre ensimesmada, cuja manifesta vergonha poderia ser afetada por tais assuntos, eu achava que seria afetado, mas não podia falar sobre isso, contra a minha vontade, e a conversa parou por aí.

Não é fácil avaliar a resposta que você me deu na época, pois por um lado foi demasiado franca, algo atemporal, e, por outro lado, considerando-a como uma lição, foi impactante e muito modernamente atrevida. Não sei quantos anos tinha na época, mas certamente não muito mais que dezesseis. Foi uma resposta bastante estranha para um jovem, reveladora da distância que há entre nós, pois foi o primeiro ensinamento direto sobre a vida real que recebi de você. O significado real, porém, que já estava penetrando na minha mente na época, mas do qual só tive uma consciência parcial bem mais tarde, era o seguinte: o que você me aconselhou a fazer era a coisa mais depravada possível, na sua opinião e na minha. O fato de você não querer que eu levasse essas depravações para casa não tinha importância, você só estava protegendo a si mesmo e a sua casa. O fato é que o conselho não se aplicava a você, que era um homem casado, puro, acima de tais coisas; na época, isso ficou ainda mais intenso porque para mim o casamento também era algo vergonhoso, e, portanto, era impossível que eu aplicasse o que aprendi de meus pais sobre o casamento. E assim você parecia ainda mais puro, ainda mais elevado. Era inimaginável que você tivesse recebido tais conselhos antes de seu casamento. Não havia qualquer traço de depravação terrena em você. E você me empurrou para essa depravação, para a qual eu parecia destinado, com algumas palavras francas. Assim o mundo se resumia a mim e a você, uma ideia para a qual eu já estava bastante inclinado, e a pureza do mundo teve fim com você, e por força de seus conselhos mergulhei na depravação. Era incompreensível, portanto, que você me condenasse, apenas sua antiga culpa e o desprezo por mim poderiam explicar. E assim fui duramente afetado no âmago do meu ser.

Talvez assim nossa inculpabilidade fique mais clara. A dá conselhos a B, conselhos francos, que correspondem à sua atitude perante a vida, não muito agradáveis, mas bem comuns nas cidades hoje em dia, e que talvez possam evitar problemas de saúde. Esse conselho não fortalece muito moralmente B, pois ele não poderia solucionar tais problemas ao longo dos anos, e, portanto, não precisaria seguir o conselho, e de qualquer modo o conselho por si só não evitaria que a vida futura de B desabasse. E se algo assim acontece, é só porque você é A e eu sou B.

Vejo nossa mútua inculpabilidade de modo especialmente favorável porque ocorreu um choque similar entre nós cerca de vinte anos mais tarde, em circunstâncias completamente diferentes, o que foi horrível, mas muito menos danoso, pois o que poderia ser danoso para alguém já com somados trinta e seis anos? Refiro-me a uma pequena discussão que perdurou por alguns dias após o anúncio de meus planos de casamento. Você disse algo do tipo: "Ela provavelmente usa uma dessas blusas chiques que as judias de Praga gostam, e por isso é que você resolveu se casar com ela, é claro. E bem rápido, em uma semana, amanhã, hoje. Não entendo, você já é adulto, mora na cidade, mas ignora meus conselhos e logo quer se casar com a namorada. Não há outras possibilidades? Se estiver com medo, vou falar com ela". Suas palavras foram mais firmes e precisas, mas não me lembro dos detalhes, talvez as coisas estejam um pouco vagas, prestei mais atenção em mamãe, que, ainda que em absoluta concordância com você, pegou algo da mesa e saiu da sala.

Raramente você me humilhou tanto com palavras ou mostrou seu desprezo de forma tão clara. Quando falou comigo de forma similar vinte anos antes, seria possível ver em seus olhos algum respeito por um menino precoce da cidade, que poderia, na sua opinião, ser introduzido na vida sem maiores problemas. Hoje essa constatação só intensifica o desprezo, pois o jovem de então, que iniciava sua caminhada, acabou empacando, e para você parece não ter acumulado experiências, só ficou vinte anos mais lamentável. Minha escolha por uma garota não significava nada para você. Você sempre limitou (inconscientemente) meu poder de decisão e agora julga saber (inconscientemente) seu valor. Nada sabia das minhas tentativas de fuga, logo não poderia saber sobre as ideias que me levaram a esses planos de casamento, teve de adivinhar, e o fez de acordo com a opinião geral que tinha sobre mim, ou seja, da forma mais abominável, rude e ridícula. E não hesitou por um momento em falar comigo dessa maneira. A vergonha que você me causou não era nada em comparação à vergonha que eu, na sua opinião, traria ao seu nome se me casasse.

Quanto aos meus planos de casamento, você pôde dizer muita coisa, e de fato o fez: não poderia ter tido muito respeito por minha decisão, pois já havia rompido o compromisso com F.[41] duas vezes, e duas vezes o havia renovado, e por isso havia arrastado inutilmente você e mamãe até Berlim, e coisas assim. Tudo isso é verdade, mas por quê?

A ideia principal por trás de ambas as tentativas era per-

41 Felice Bauer, parente de Max Brod, de quem Kafka foi noivo duas vezes.

feitamente correta: estabelecer um lar, tornar-me independente. Uma ideia que você via até com simpatia, mas que na realidade era como uma brincadeira de criança na qual um segura a mão do outro, até a aperta, e diz: "agora vá, vá logo, por que você não vai?". No nosso caso era complicado, pois o seu "vá logo!" era tão sério que na verdade me segurou, ou melhor, me deteve, ainda que sem saber, por força de sua natureza.

Ainda que ambas as moças[42] tenham sido escolhidas por acaso, foram muito bem escolhidas. Foi mais um sinal de sua absoluta incompreensão você acreditar que eu, medroso, hesitante, desconfiado, decidi me casar por impulso, encantado por uma blusa. Ambos os casamentos teriam sido por conveniência, uma vez que, pela primeira vez em anos, eu tinha meus pensamentos voltados para esses planos dia e noite.

Nenhuma delas me decepcionou, eu é que decepcionei a ambas. Minha opinião sobre elas é hoje exatamente a mesma que tinha quando quis me casar com elas.

Também não é verdade que, na segunda tentativa, por descuido desprezei a experiência adquirida com o fracasso da primeira. Os casos eram bem diferentes, e na verdade a experiência anterior me deu esperanças no segundo caso, que era bem mais promissor. Não vou tratar dos detalhes.

Por que então não me casei? Houve alguns obstáculos, como sempre os há, mas a vida consiste em superar obstáculos. O principal, entretanto, e não relacionado a cada caso específico, é que sou mentalmente incapaz de me casar, é óbvio. Isso se manifesta quando, a partir do momento em que decido me casar, não consigo mais dormir, fico com a cabeça quente dia e noite, e não tenho mais vida, o desespero me tonteia. A causa não são as preocupações, claro que minha melancolia e minha mesquinhez envolvem inúmeras preocupações, mas não são a causa decisiva,

42 Kafka também foi noivo de Julie Wohryzec, uma camareira de hotel.

apenas completam o trabalho dos vermes em um cadáver; o que me afeta realmente é outra coisa. É a pressão que o medo, a fraqueza e a baixa autoestima exercem sobre mim.

Vou tentar explicar melhor: nas tentativas de casamento, duas coisas aparentemente antagônicas me unem mais fortemente a você do que qualquer outro elemento. O casamento é certamente a garantia de maior liberdade e independência. Eu teria uma família, a melhor coisa que alguém pode ter, na minha opinião, e a melhor coisa que você obteve, e eu seria igual a você, as vergonhas novas e antigas, a tirania, tudo isso seria apenas história. Seria um conto de fadas, mas aí está a questão. Seria demais, algo inatingível. Seria como se um prisioneiro não apenas tivesse a chance de escapar, mas também pudesse ter a chance de reconstruir a prisão como um palácio de prazeres. Mas, se fugir, não poderá reconstruir, e se reconstruir, não poderá fugir. Se eu tivesse de fazer alguma coisa quanto ao relacionamento particularmente infeliz que tenho com você, teria de ser algo de forma alguma relacionado a você – o casamento é talvez a maior, e proporciona a mais completa independência, mas é, ao mesmo tempo, o que tem mais relação com você. Querer livrar-se é algo que tem um quê de loucura, e todas as tentativas quase são punidas com isto.

É exatamente essa relação próxima que em parte me atrai para o casamento. Imagino a condição de igualdade que viria a existir entre nós, e assim você poderia entender melhor do que de qualquer outra forma, e seria ótimo, pois então eu seria mais livre, grato, não teria sentimento de culpa, seria um filho íntegro, e você poderia ser um pai mais relaxado, menos tirânico, mais solidário, mais satisfeito. Mas para que tudo isso ocorresse teria de ser desfeito tudo o que aconteceu, nós mesmos teríamos de ser apagados.

Mas sendo o que somos, o casamento é algo bloqueado para mim, pois pertence aos seus domínios. Às vezes imagino você debruçado sobre um mapa-múndi. E então me ocorre que as únicas áreas em que eu poderia viver são as que não estão cobertas por você ou não estão ao seu alcance. E em razão de sua grandeza, não há muitos lugares assim, e não muito aconchegantes, e o casamento, em especial, não está entre elas.

Com essa comparação não quero de modo algum afirmar que você me afastou do casamento pelo seu exemplo, ou dos negócios. Ao contrário, embora haja remotas semelhanças. Seu casamento era para mim, em muitos aspectos, um casamento exemplar no que se refere à lealdade, à mútua colaboração, à quantidade de filhos, mesmo quando as crianças cresciam e perturbavam cada vez mais a paz, o casamento não se abalou. Foi com esse exemplo que formei meu elevado conceito de casamento; foi por outras razões que o desejo de casamento se enfraqueceu em mim. Tem a ver com a maneira como você se relacionava com os filhos, e é este o assunto de toda a carta.

Há quem diga que o medo do casamento às vezes surge do medo de que os filhos algum dia vão ter de pagar pelos pecados que cometeram contra os pais. No meu caso, não creio que isso tenha grande importância, pois meu sentimento de culpa vem diretamente de você, é algo tão singular, e essa característica singular é típica de sua natureza atormentadora, o que torna inimaginável a possibilidade de passá-la adiante. De qualquer modo, tenho de dizer isso, um filho tão calado, tolo, rude e inútil seria insuportável para mim, ouso dizer que, se não houvesse outra opção, eu fugiria dele, imigraria, como você disse que faria por causa do meu casamento. Isto pode ter influenciado de alguma maneira minha inaptidão para o casamento.

Muito mais importante, porém, é o medo de mim mesmo. Explico: já dei a entender na minha correspondência, e em tudo o que está a ela relacionado, que já fiz pequenas tentativas para ser independente, tentativas de fuga que tiveram muito pouco sucesso e que dificilmente me levariam a algum progresso, e tive muitas confirmações disso. Entretanto, é meu dever, ou melhor, minha vida consiste nisso, em estar atento, a não permitir que qualquer perigo que possa ser evitado se aproxime. O casamento representa uma possibilidade de perigo e também uma grande possibilidade de obter apoio, mas para mim basta que seja uma possibilidade de perigo. O que eu faria se fosse de fato um perigo? Como eu poderia manter um casamento com uma sensação improvável, que talvez não pudesse ser revelada, mas de qualquer modo irrefutável, de perigo? Eu poderia balançar, mas o resultado final seria inevitável, eu teria de desistir. A comparação com o ditado "mais vale ter um pássaro na mão que dois voando" não é muito apropriada. Nada tenho na mão, todos os pássaros estão voando, e tive de decidir dadas as condições da batalha e as angústias da vida – ou seja, escolher o nada. De forma parecida, tive de escolher uma profissão.

O principal obstáculo ao casamento, porém, foi o enfraquecimento da convicção de que o essencial para obter o apoio da família e até de sua orientação era o que eu reconhecia em você, tudo de bom e de mau, num todo, da forma como tais coisas estão organicamente reunidas em você, isto é, força e desprezo pelos outros, saúde e certo desregramento, eloquência e falta de modos, autoconfiança e insatisfação com os demais, soberania e tirania, conhecimento da natureza humana e desconfiança em relação à maioria das pessoas, e também qualidades positivas sem contrapartida negativa, como ser esforçado, persistente, ter presença de espírito e ser destemido. Em comparação, eu tinha muito pouco ou quase nada disso tudo, e ainda assim quis me casar, considerando que vi você lutar muito no casamento e, no que concerne aos filhos, fracassou? Claro que não perguntei isso a mim mesmo explicitamente, tampouco respondi explicitamente, pois então seria dominado por ideias mais correntes sobre o assunto, como a de que os outros homens são diferentes de você (para citar um que é bem diferente: o tio Richard), se casaram e não tiveram um colapso nervoso por causa disso, na verdade um bom número de pessoas são assim, e isso bastaria. Mas não fiz essa pergunta, convivi com ela desde criança. Não me pus à prova somente em relação ao casamento, mas em relação a insignificâncias; e em relação a insignificâncias, você, com seu exemplo e com a educação que me deu, me convenceu, como venho tentando descrever, da minha incapacidade, que se aplica a cada insignificância e comprova que você estava certo quanto a mais monstruosa das incapacidades, isto é, o casamento. Até as tentativas de casamento me desenvolvi mais ou menos como um comerciante que enfrenta no dia a dia preocupações e maus pressentimentos, mas que não mantinha a contabilidade em ordem. Havia alguns ganhos, que na sua mente ele evidentemente exagera, por serem raros, e também algumas perdas. Tudo é registrado, mas ele não faz o balanço. Então vem a necessidade de fazer o balanço, isto é, o casamento. E as grandes somas a serem levadas em consideração nunca chegaram a ser um pequeno lucro, mas, sim, uma grande dívida. Como casar-se sem ficar louco!

Assim foi minha vida com você até agora, e são estas as perspectivas para o futuro.

Se levar em consideração as justificativas de meu medo de você, a resposta poderia ser: "Você afirma que é mais fácil para mim culpá-lo pelo nosso relacionamento, mas acho que, apesar dos seus esforços, você não torna as coisas mais difíceis, porém mais rentáveis. Em primeiro lugar, rejeita toda culpa e responsabilidade, e assim agimos da mesma forma. Mas enquanto atribuo abertamente toda a culpa a você, você quer ser ao mesmo tempo 'muito inteligente' e 'muito afetuoso', e me livra de toda a culpa. Parece que foi bem-sucedido no segundo caso (você não quer mais do que isso), e o que transparece nas entrelinhas, apesar de todas as 'generalizações' sobre essência, natureza e desamparo, é que, na verdade, eu era o agressor, e tudo o que você fez foi por autodefesa. Você já foi longe o bastante com sua falta de sinceridade, e assim provou três coisas: a primeira é que não tem culpa, a segunda é que eu sou o culpado, e a terceira é que por sua incrível magnificência você está disposto não somente a me perdoar, mas também, em grau maior ou menor, comprovar e convencer a si mesmo que eu, ainda que contrariamente à verdade, sou inocente. Isso poderia ser suficiente por ora, mas não é suficiente. Você pôs na cabeça que pode viver inteiramente à minha custa. Reconheço que temos lutado, mas há dois tipos de luta. A luta cavalheiresca, na qual dois seres independentes medem as forças, cada um por si, cada um com sua vitória ou derrota. E a luta de criaturas nojentas[43], que não apenas picam, mas querem sugar sangue para se manterem vivas. Este é o verdadeiro soldado, e assim é você. Você não tem aptidão para a vida; para se sentir mais confortável, despreocupado e para não culpar a si mesmo, diz que peguei toda a sua aptidão para vida e a guardei no bolso. Que importa se você não tem aptidão para a vida, eu sou o responsável. Você relaxa e calmamente se deixa levar por mim, física e mentalmente. Um exemplo: recentemente você quis se casar e ao mesmo tempo não queria, como admitiu nesta carta, mas queria, como forma de poupar a si mesmo, que eu me opusesse, e pela 'vergonha' que tal união traria ao meu nome, proibi o casamento. Tal coisa nunca me ocorreu, porém. Em primeiro lugar, nunca quis 'atrapalhar sua felicidade', nessa ou em outras questões e, em segundo lugar, nunca queria ter ouvido tal acusação de um filho. O fato de eu ter dado a você liberdade para decidir ajudou em alguma coisa? Em nada. Minha aversão a esse casamento não o teria impedido, ao contrário, seria um motivo a mais para se casar com a moça, teria tornado realidade a 'tentativa de fuga', como você mesmo disse. Meu consentimento tampouco evitaria suas acusações, pois de qualquer modo sou o responsável

43 No original *Ungeziefer*; ver nota 11.

por você não ter se casado. No fundo, nessa questão e em todas as demais você não provou nada além do fato de que todas as minhas acusações eram justas, entre elas uma particularmente importante, a saber a acusação de falta de sinceridade, de bajulação, de ser um parasita. Se não estou muito enganado, nesta carta você está agindo como um parasita."

Minha resposta a toda essa objeção, que em parte pode ser dirigida a você, não vem de você, mas de mim mesmo. Sua desconfiança em relação aos outros não é tão grande quanto a desconfiança que tenho por mim, e que foi despertada por você. Não nego que essa objeção é até certo ponto justificada, é um novo material para caracterizar nosso relacionamento. Claro que, na vida real, as coisas não se encaixam tão bem como as evidências desta carta, pois a vida é mais que um quebra-cabeça; essa objeção, porém, pode ser uma correção, uma correção que não posso nem quero fazer de forma mais precisa, mas é algo que, na minha opinião, pode nos aproximar da verdade, nos acalmar um pouco e tornar a vida e a morte mais fáceis.

Franz.

UM MÉDICO DO INTERIOR

UM MÉDICO DO INTERIOR

Eu estava numa situação muito complicada: tinha uma viagem urgente pela frente; um doente estava à minha espera em uma aldeia dez milhas distante, havia uma forte nevasca entre mim e ele, eu tinha uma charrete leve, com rodas grandes, apropriada para estradas rurais, encapotado e com a maleta de apetrechos na mão, já estava a postos no pátio, mas faltava o cavalo, o cavalo. Meu próprio cavalo morrera na noite anterior em razão do esforço excessivo nesse inverno gelado; minha criada estava percorrendo a aldeia para pegar um cavalo emprestado, mas não havia esperança, eu sabia disso, e fiquei ali parado, sem propósito, cada vez mais coberto de neve. A moça apareceu na porta sozinha, agitando o lampião; lógico, quem é que emprestaria um cavalo para tal viagem? Caminhei novamente pelo pátio, não achava uma solução; distraído, atormentado, bati o pé na porta frágil do estábulo[44], que não era usado havia anos. A porta se abriu e ficou oscilando. Senti como que um calor e um barulho de cavalos saindo dali. Ali dentro havia um tênue lampião pendurado em uma corda. Um homem, agachado em um cômodo estreito, mostrou seu rosto franco e de olhos azuis.— Devo me esticar? — perguntou ele, rastejando, com as mãos e os pés no chão.

Não sabia o que dizer, e me inclinei para ver o que havia no estábulo. A criada permanecia perto de mim.

---

44 No original *Schweinestall*, ao pé da letra significa "estábulo de porcos", construção rústica, geralmente de madeira, para manter os animais abrigados durante o inverno.

— Não se sabe o que se tem na própria casa — disse ela, e ambos rimos.

— Oi, irmão, oi, irmã! — saudou o cavalariço, e dois cavalos poderosos, de flancos fortes, abriram caminho, um atrás do outro, com as pernas próximas ao corpo, as cabeças bem-conformadas inclinadas como as de camelos, e passaram pelo espaço da porta, que preencheram completamente com a força de seus corpos. E logo se aprumaram sobre as longas pernas, com os corpos liberando um denso vapor.

— Ajude-o — disse eu. A criada, obediente, apressou-se em ajudar o cavalariço a alcançar a trave[45] da charrete. Assim que se aproximou dele, o cavalariço a agarrou e pressionou seu rosto contra o dela. Ela gritou e correu até mim; na bochecha da moça havia duas marcas vermelhas de duas fileiras de dentes.

— Sua besta! — gritei com raiva. — Quer uma chicotada?

Mas logo me lembrei que ele era de fora; não sabia de onde ele era, mas estava me ajudando voluntariamente, enquanto outros se recusavam. Como se adivinhasse meus pensamentos, não se ofendeu com minha ameaça, mas voltou-se para mim mais uma vez e, sempre ocupado com os cavalos, disse:

— Suba.

E de fato, estava tudo pronto. Nunca havia viajado com cavalos tão belos, e subi feliz.

— Mas eu vou tomar as rédeas, você não conhece o caminho — disse eu.

— Claro! — disse ele — na verdade não vou, vou ficar com Rosa.

— Não! — gritou Rosa, correndo de volta para casa, como que antecipando seu destino inevitável; ouvi o tilintar da cor-

45 Parte de uma charrete ou carruagem onde são atrelados os cavalos.

rente que ela passou na porta, ouvi o barulho da fechadura, vi como ela correu pelo corredor e depois pelos cômodos apagando todas as luzes para que não pudesse ser encontrada.

— Você vem comigo — disse eu para o cavalariço — ou cancelo a viagem, embora seja urgente. Não pretendo ceder-lhe a garota como pagamento da viagem.

— Eia! — disse ele, e bateu palmas; a charrete arrancou, arrastada como um toco de madeira levado pela correnteza; ainda posso ouvir como a porta da casa despedaçou-se com os golpes do cavalariço, e meus olhos e ouvidos encheram-se com um som tumultuoso que preenchia todos os meus sentidos. Foi apenas por um instante, porém, pois a porteira de meu doente estava aberta para mim. Eu já estava lá, os cavalos estavam parados, quietos. A nevasca havia cessado; havia luar; os pais do doente saíram correndo da casa, a irmã vinha atrás; quase me arrancaram da charrete, não entendi suas palavras confusas; no quarto do doente o ar estava quase irrespirável; a estufa, esquecida de todos, fumegava; antes de tudo fui ver o doente; magro, sem febre, nem quente nem frio, com os olhos vagos, sem camisa, ergueu-se sob as cobertas, agarrou meu pescoço e me sussurrou no ouvido:

— Doutor, deixe-me morrer!

Olhei em volta, ninguém tinha ouvido, os pais estavam em silêncio à espera de meu diagnóstico, a irmã havia trazido uma cadeira para minha maleta. Eu a abri e procurei meus instrumentos; o menino, na cama, tateava continuamente na minha direção, como que para me lembrar de seu pedido; peguei uma pinça, examinei-a à luz de uma vela e a coloquei de volta no lugar.

"Sim", pensei de modo blasfemo, "nesses casos os deuses ajudam, mandam o cavalo que falta, até acrescentam um segundo pela urgência, e de quebra até um cavalariço". E agora penso em Rosa: o que eu fiz, como vou salvá-la, como faço para tirar esse cavalariço de cima dela, a dez milhas de distância, e com cavalos incontroláveis na minha charrete? Esses cavalos de alguma forma afrouxaram os arreios, a janela, não sei como, foi aberta por fora, qualquer um pode enfiar a cabeça pela janela e, sem se incomodar com o choro da família, espiar o doente. "Volto logo", pensei, como se os cavalos me ordenassem partir, mas permito que a irmã, que pensa que estou atordoado pelo calor, tire meu casaco. Eles me oferecem um copo de rum, o velho me dá um tapinha no ombro, a dedicação de sua querida menina justifica essa intimidade. Sacudi a cabeça; na mente estreita do velho eu ficaria enjoado; só por isso recusei a bebida. A mãe, ao lado da cama, me incita a chegar mais perto. Prossigo e, enquanto um cavalo relincha alto em direção ao telhado, encosto a cabeça no peito do jovem, que estremece com minha barba molhada. Isso só confirmou o que eu já sabia: o jovem estava saudável, com a circulação um pouco fraca, saturado de café pela mãe preocupada, mas saudável, bastava ser empurrado para fora da cama. Mas não sou o reformador do mundo e deixei-o ficar ali. Sou funcionário do distrito e cumpro minha obrigação, o que já é muito. Apesar de mal pago, sou mão-aberta e generoso com os pobres. Ainda tenho de cuidar de Rosa, e pode ser que o menino tenha razão, também eu queria morrer. O que faço aqui neste inverno sem fim! Meu cavalo morreu, e ninguém na aldeia quer me emprestar um. Tenho de arrastar minha charrete para fora do estábulo; se não aparecessem esses cavalos, teria de ser conduzido por suínos. É isso. Aceno para a família. Não sabem de nada, e se soubessem, não acreditariam. Prescrever receitas é fácil, mas lidar com pessoas é difícil. Assim teria terminado minha visita, mais uma vez fui chamado sem necessidade, estou acostumado, todo o distrito me atormenta com a campainha, mas desta vez tive de abandonar Rosa, aquela moça bonita, que passa o ano todo em minha casa, e mal olho para ela – este sacrifício foi muito grande, e tenho, de algum modo, que bolar uma estratégia para não descontar nesta família, pois não poderão me dar Rosa novamente, ainda que se empenhem ao máximo. Quando fechei a maleta e apanhei o casaco, a família estava reunida, o pai cheirando o copo de rum que tinha na mão, a mãe possivelmente decepcionada comigo, em lágrimas, mordendo os lábios – o que queria esse povo, afinal? – e a irmã sacudia uma toalha toda ensanguentada, e eu estava mais ou menos pronto para admitir que, pelo jeito, o menino estava mesmo doente. Fui até ele, que sorriu, como se eu estivesse trazendo uma sopa bem nutritiva – puxa, agora os dois cavalos relinchavam; o barulho, provavelmente ordenado por forças superiores, tinha o objetivo de facilitar o exame – e agora concluo: sim, o menino está doente. Havia no lado direito, na região do quadril, uma ferida do tamanho de um punho. Era cor-de-rosa em várias nuanças, mais escura no fundo, mais clara nas bordas, de textura fina e granulosa, com sangue espalhado de forma irregular, aberta como uma mina de superfície. Isso à distância. De perto parecia pior. Quem pode olhar para isso sem dar um assobio baixinho? Vermes, quase do tamanho de meu dedo mínimo, de cabecinhas brancas e com muitas perninhas, agitavam-se sob a luz. Pobre menino, não havia o que fazer. Eu havia encontrado a grande ferida; esta flor em seu flanco o levará à morte. A família está feliz por me ver fazendo alguma coisa; a irmã fala com a mãe, a mãe com o pai, o pai com algumas visitas, todos na ponta dos pés, equilibrando-se com os braços esticados, o luar aparece pela porta aberta.

— Você vai me salvar? — sussurra o menino, soluçando, totalmente cego pela vida em sua ferida. Assim estavam as pessoas ao meu redor. Sempre a exigir o impossível do médico. Haviam perdido a antiga fé; o sacerdote fica em casa e rasga as vestes, uma depois da outra; mas o médico tem de agir com mão cirúrgica. Ora, pensam que é assim: não me ofereci em sacrifício; se me querem para propósitos sagrados, deixo isso acontecer; o que mais eu poderia querer, um velho médico do interior, que teve a criada roubada! E eles vêm, a família e os anciãos da aldeia, e me despem; um coral de estudantes, conduzido pelo professor, para em frente à casa e canta estas palavras, acompanhadas de uma melodia muito simples:

"Tirem as roupas dele, e ele vai curar
Se não curar, então o matamos!
É só um médico, é só um médico."

Então me despiram, e olho para eles calmamente, com a cabeça inclinada, os dedos na barba. Estou muito sereno, altivo, e assim permaneço, ainda que de nada adiante, pois me agarram pela cabeça e pelos pés e me levam para a cama. Fui colocado contra a parede, ao lado da ferida. Então todos saíram do quarto; a porta foi fechada; o canto silenciou; nuvens encobriram a Lua; a roupa de cama me mantém aquecido; pelas frestas das janelas as cabeças dos cavalos balançam como sombras.

— Você sabe — alguém me diz no ouvido — tenho muito pouca confiança em você. Veio para cá sacudido, como a gente sacode a neve para fora, não veio pelos próprios pés. Em vez de ajudar, só diminuiu meu espaço na cama. Eu gostaria de arrancar seus olhos.

— Está certo — respondi — isto é uma vergonha. Mas sou médico. O que posso fazer? Acredite, também não é fácil para mim.

— Devo ficar satisfeito com essas desculpas? Puxa, é o jeito. Sempre tenho de ficar satisfeito. Vim ao mundo com essa bela ferida; é tudo o que tenho.

— Jovem amigo — disse eu —, seu erro é: você não tem perspectiva. Já estive em muitos quartos de doentes por aí afora, e digo que sua ferida não é tão grave. Foi feita com dois golpes de enxada, na forma de ângulo agudo. Muitos oferecem o flanco e mal ouvem a enxada na floresta, e ficam em silêncio quando ela se aproxima.

— É verdade ou você está me enganando por causa da febre?

— É verdade, palavra de honra de um médico.

Ele me ouviu e ficou quieto. Agora era hora de pensar na minha salvação. Os cavalos permaneciam fiéis em seus lugares. Juntei rapidamente as roupas, o casaco e a maleta; mas não queria perder tempo me vestindo; se os cavalos fossem tão rápidos como na ida, seria como pular diretamente desta cama para a minha. Obediente, um cavalo apareceu na janela; joguei as coisas na charrete; o casaco voou longe, ficou preso em um gancho por uma manga. Tudo bem. Pulei sobre o cavalo. Os arreios estavam frouxos, os cavalos não estavam bem atrelados, a charrete balançava atrás deles, o casaco estava caído na neve.

— Eia! — disse eu, mas não houve reação; a seguir avançamos lentamente, como velhos atravessando o deserto de neve; por muito tempo soou atrás de nós uma nova e errática canção infantil:

"Alegrem-se, pacientes,

O médico colocou vocês na cama!"

Nunca voltei assim para casa, minha florescente atividade estava perdida; um sucessor roubará meu lugar, mas é inútil, pois não pode me substituir. O asqueroso cavalariço está furioso em minha casa; Rosa é sua vítima. Não quero pensar nisso. Nu, exposto ao frio nesta época tão desditosa, em uma charrete terrena puxada por cavalos extraterrenos, eu, um velho, vagueio sozinho. Meu casaco está pendurado atrás da charrete, mas não posso alcançá-lo, e ninguém da turba de pacientes ergue um dedo. Fui enganado! Enganado! Quem uma vez responde ao chamado falso da campainha está perdido para sempre.

O JULGAMENTO

Para F.[46]

O JULGAMENTO

Era uma manhã de domingo da mais bela primavera. Georg Bendemann, um jovem comerciante, estava sentado em seu quarto, no primeiro andar de uma das casas simples e baixas que formavam uma fileira ao longo de um rio, que se distinguiam quase somente pela altura e pela cor. Tinha acabado de escrever uma carta para um amigo de infância que se encontrava no exterior, selou-a com uma lentidão brincalhona e, com o cotovelo apoiado na escrivaninha, olhou pela janela e viu o rio, a ponte e na outra margem as colinas de vegetação esparsa.

Ele pensava como esse amigo, insatisfeito com os progressos que obtivera no país, praticamente fugira para a Rússia havia alguns anos. Ele tocava um negócio em São Petersburgo, que no início ia muito bem, mas há algum tempo estava estagnado, conforme reclamava em suas cada vez mais raras visitas. Trabalhava inutilmente no estrangeiro, a estranha barba cerrada mal cobria um rosto que já era muito conhecido desde a infância, e sua pele amarelada parecia indicar uma doença em desenvolvimento. Dizia não ter nenhuma ligação com os compatriotas da colônia local e também quase nenhum contato social com as famílias deles, de modo que se resignara a ser um eterno solteirão.

O que se poderia escrever para tal homem, que obvia-

46 Felice Bauer, citada na *Carta ao pai*.

mente havia se desviado, de quem temos pena, mas que não podemos ajudar. Poderíamos aconselhá-lo a voltar para casa, prosseguir com sua existência por aqui, reatar todos os antigos relacionamentos amistosos – não havia obstáculos para isso – e, por fim, contar com a ajuda dos amigos? Isso significava não outra coisa senão dizer, com palavras mais agradáveis, e também mais capazes de magoar, que até então suas tentativas haviam fracassado, que deveria enfim desistir dessas coisas, que deveria voltar e ser visto por todos com espanto como o filho pródigo que sempre volta para casa, e apenas os amigos podiam entender um pouco seus motivos e que ele não passava de uma criança crescida, que deveria simplesmente seguir os passos dos amigos bem-sucedidos. Pois não era certo que todos os males que o afligiram não tinham um propósito? Talvez não fosse possível trazê-lo de volta para casa – ele já havia dito que não compreendia mais as condições da pátria –, e assim, apesar de tudo, permaneceria no estrangeiro, amargurado com os conselhos e ainda mais um pouco afastado dos amigos. Tivesse ele seguido o conselho, estaria – não intencionalmente, é claro, mas por força das circunstâncias – deprimido, não teria encontrado seu caminho, com os amigos ou sem eles, se sentiria envergonhado, não teria mais nem amigos e nem pátria, logo não era melhor permanecer no estrangeiro, como estava? Dadas as circunstâncias, alguém poderia imaginar que faria progressos aqui?

Por essas razões, se desejamos manter ao menos um relacionamento por correspondência com ele, não deveríamos compartilhar nada que seja verdade com ele, tal como fazemos sem constrangimento com conhecidos distantes. Havia três anos que o amigo estava ausente da pátria e justificava isso de maneira bastante insatisfatória pela insegurança da situação política na Rússia, que não permitia nem mesmo a mais breve ausência de um pequeno comerciante, enquanto centenas de milhares de russos circulavam tranquilamente pelo mundo. Ao longo desses três anos muita coisa mudou, especialmente para Georg. Desde a morte da mãe, há cerca de dois anos, Georg dividia uma propriedade com o velho pai, e o amigo naturalmente tomou conhecimento disso, e expressou suas condolências de modo bastante seco em uma carta, o que só pode ser justificado pelo fato de que a tristeza causada por tal evento no estrangeiro é inimaginável. Desde essa época, Georg tem tocado seus negócios e tudo o mais com grande determinação. Talvez, enquanto a mãe estava viva, o pai só tenha levado em conta a própria opinião para gerir os negócios, o que o impediu de exercer suas habilidades, ou talvez o pai, desde a morte da mãe, tenha se tornado mais taciturno e talvez – mesmo muito provável –as circunstâncias tenham tido um papel importante; mas de qualquer modo o negócio se desenvolveu de maneira completamente inesperada nesses dois anos, foi necessário duplicar o número de empregados, o faturamento cresceu cinco vezes, sem dúvida haveria progressos pela frente.

O amigo, porém, não tinha ideia dessas mudanças. Antes, talvez pela vez derradeira naquela carta de condolências, tentou convencer Georg a ir para a Rússia e acrescentou considerações sobre as perspectivas de negócios para Georg em São Petersburgo. Mas as cifras eram insignificantes em relação ao tamanho que o negócio de Georg atingira. E Georg não tinha vontade de escrever ao amigo sobre seus sucessos nos negócios, e se tivesse de fazer isso mais tarde, seria algo muito estranho.

Assim, Georg limitou-se a escrever ao amigo sobre coisas sem maior importância, algo que nos vem à mente por acaso em um domingo tranquilo. Não queria nada mais que deixar intacta a imagem que porventura ele guardara da cidade natal durante essa longa ausência, com a qual aprendera a conviver. Aconteceu então que Georg relatou ao amigo, em três cartas enviadas com largos intervalos entre elas, o noivado de um homem sem maior importância com uma moça igualmente sem maior importância, de forma que o amigo, contrariamente às intenções de Georg, começou a se interessar por esse caso notável.

Georg preferia escrever sobre tais coisas a confessar que havia um mês estava noivo da senhorita Frieda Brandenfeld, uma moça pertencente a uma família de posses. Falava com frequência desse amigo com a noiva, e com o relacionamento peculiar que mantinha com ele por correspondência. "Ele não virá para o nosso casamento", ela dizia, e "tenho o direito de conhecer todos os seus amigos". "Não quero atrapalhar", dizia Georg, "entenda, talvez ele venha, pelo menos eu acredito que sim, talvez se sinta pressionado ou constrangido, pode ser até que com inveja, com certeza insatisfeito e incapaz de lidar com essa insatisfação, e voltaria sozinho. Sozinho – sabe o que é isso?". "Bom, mas ele não pode tomar conhecimento de nossa união de outra forma?". "Não posso impedir, mas, considerando seu estilo de vida, é improvável". "Com amigos assim, Georg, você nem deveria ter ficado noivo". "Sim, mas é culpa nossa; contudo não quero que seja de outra forma". E quando ela, arfando e cobrindo-o de beijos, afirmou: "pois isso me perturba", ele julgou que não magoaria o amigo se escrevesse tudo sobre isso. "Sou assim, e é assim que ele deve me aceitar", disse para si mesmo, "não posso talhar à minha imagem um homem que possa ser um amigo tão adequado para ele como eu sou".

E assim, na longa carta que escrevera naquela manhã de domingo, relatou ao amigo o noivado, com as seguintes palavras: "Reservei as melhores notícias para o final. Fiquei noivo da senhorita Frieda Brandenfeld, uma moça de uma família de posses, que se instalou aqui bem depois de sua partida, uma família que dificilmente você deve conhecer. Haverá oportunidades para eu lhe contar mais sobre minha noiva, por enquanto basta que você saiba que estou feliz e a única coisa que mudou em nosso relacionamento é que agora, em vez de um amigo bem comum, você terá um amigo muito feliz. Além disso, minha noiva, que lhe envia cordiais saudações e que em breve vai lhe escrever de próprio punho, será uma amiga sincera, algo que não deixa de ser importante para um solteiro. Sei que há algumas coisas que o impedem de nos fazer uma visita, mas não seria o meu casamento a oportunidade certa para se livrar de todos os obstáculos? Seja como for, faça o que lhe pareça mais adequado, sem maiores preocupações."

Com essa carta em mãos e o rosto voltado para a janela, Georg permaneceu longo tempo sentado à sua escrivaninha. A um cumprimento de um conhecido que passava pela ruazinha, respondeu apenas com um sorrisinho ausente.

Finalmente colocou a carta no bolso, saiu do quarto e seguiu pelo pequeno corredor até o quarto do pai, onde não ia há meses. Nem havia necessidade de fazê-lo, pois estava sempre com o pai na loja, almoçavam juntos no mesmo restaurante e, à noite, cada um fazia o que mais lhe agradava, mas geralmente ficavam sentados juntos por um tempo, no mesmo cômodo, cada um com seu jornal, a não ser quando Georg, como de hábito, certamente estaria com um amigo ou visitando a noiva.

Georg espantou-se com a escuridão no quarto do pai, mesmo naquela manhã ensolarada. Efeito da sombra projetada pelo muro alto que ficava do outro lado do quintal estreito. O pai estava sentado à janela, num canto decorado com variadas recordações da falecida mãe, com um jornal que mantinha próximo dos olhos, que denunciava a fraqueza da visão. Sobre a mesa estava o que sobrara do café da manhã, e aparentemente ele não havia comido muito.

— Ah, Georg! — disse o pai, vindo até ele. O roupão grosso se abria quando ele andava, as abas se enrolavam em volta dele. "Meu pai ainda é um gigante", Georg dizia para si mesmo.

— Está insuportavelmente escuro aqui! — disse ele então.

— Sim, é bom que esteja escuro – respondeu o pai.

— Você também fechou a janela?

— Prefiro assim.

— Está bem quente lá fora — prosseguiu Georg, e sentou-se.

O pai recolheu a louça do café da manhã e guardou-a num armário.

— Só queria lhe dizer — continuou Georg, que sem se dar por isso seguia os movimentos do velho — que fiz um relato sobre meu noivado para São Petersburgo.

Ele tirou ligeiramente a carta do bolso e logo deixou-a deslizar para dentro novamente.

— Para São Petersburgo? — perguntou o pai.

— Para meu amigo — disse Georg, procurando os olhos do pai. "Na loja ele é completamente diferente", pensou ele, "aqui se esparrama na cadeira e cruza os braços sobre o peito".

— É, seu amigo — disse enfaticamente o pai.

— Sabe, pai, em princípio não quis revelar meu noivado a ele. Por consideração, por nenhum outro motivo. Você bem sabe que ele é uma pessoa difícil. Imaginei que poderia vir a saber de meu noivado por intermédio de outra pessoa, ainda que seja improvável, considerando o seu estilo de vida, mas não se pode impedir que aconteça, contudo, por mim, ele não tomaria conhecimento disso pela minha pessoa.

— E agora você pensa de modo diferente? — perguntou o pai, colocando o grosso jornal no parapeito da janela, e, sobre o jornal, os óculos, que cobria com a mão.

— Sim, reconsiderei. Se ele é um bom amigo, disse para mim mesmo, então o meu feliz noivado é também para ele algo feliz. Por isso não hesitei mais em anunciá-lo. Mas antes de enviar a carta, queria contar a você.

— Georg — disse o pai, abrindo bem a boca desdentada —,

me ouça! Você veio me pedir um conselho sobre esse assunto. Você merece elogios por isso, sem dúvida. Mas não adianta nada se não me contar toda a verdade agora. Não quero tratar de coisas que não convêm. Desde a morte de nossa querida mãe aconteceram algumas coisas desagradáveis. Talvez tenha chegado a hora de falar sobre elas, talvez antes do que gostaríamos. Muitas coisas me escapam na loja, talvez não seja algo escondido – já não tenho força suficiente, minha memória está sumindo, não posso mais ficar de olho em tudo. Em primeiro lugar, este é o curso na natureza e, em segundo lugar, a morte de nossa mãezinha me afetou muito mais que a você. Mas como estamos falando somente desse assunto, dessa carta, eu lhe peço, Georg, não me tapeie. É uma coisinha de nada, nem vale a pena falar disso. Você tem mesmo um amigo em São Petersburgo?

Georg levantou-se, envergonhado.

— Vamos deixar meu amigo pra lá. Centenas de amigos não podem substituir meu pai. Sabe o que eu acho? Você não cuida bem de si mesmo. A idade requer cuidados. Você é indispensável para mim na loja, sabe muito bem disso, mas se a loja é prejudicial para sua saúde, amanhã eu a fecho definitivamente. Assim não pode ser. Temos de encontrar outro modo de vida para você. Mas do zero. Você fica sentado no escuro, e a sala de estar é bem iluminada. Só belisca o café da manhã em vez de se alimentar bem. Fica sentado com a janela fechada, o ar fresco lhe faria tão bem. Vou chamar um médico e vamos seguir as prescrições dele. Vamos trocar de quarto, você vai para o quarto da frente, eu venho para cá. Não será uma grande mudança, suas coisas vão com você. Mas há tempo para tudo isso, vá para a cama, você precisa descansar um pouco. Vou ajudá-lo a se despir, posso fazer isso. Ou se quiser ir logo para o quarto da frente, pode se deitar na minha cama. É o melhor a fazer.

Georg permanecia ao lado do pai, que deixou a cabeça branca pender junto ao peito.

— Georg — disse o pai baixinho, sem se mexer.

Georg imediatamente ajoelhou-se ao lado do pai, viu as pupilas dilatadas no rosto cansado, voltadas para os cantos dos olhos.

— Você não tem nenhum amigo em São Petersburgo. Você sempre foi dado a brincadeiras e não me poupou de uma delas. Como você poderia ter um amigo! Não posso acreditar nisso.

— Pense nisso mais uma vez, pai — disse Georg, erguendo o pai da poltrona e tirando seu roupão, como se o pai estivesse muito fraco para fazer isso sozinho — já faz quase três anos que meu amigo veio nos visitar. Lembro que você não gostou muito dele. Pelo menos duas vezes o mantive à distância de você, embora estivesse sentado em meu quarto. Compreendo bem sua aversão por ele, meu amigo tem suas peculiaridades. Mas então você teve uma conversa até que agradável com ele. Fiquei orgulhoso por tê-lo ouvido, acenado com a cabeça e por ter feito perguntas. Na época ele contou histórias inacreditáveis sobre a Revolução Russa. Como quando estava em uma viagem de negócios em Kiev e viu um religioso numa varanda fazer um grande corte em forma de cruz na palma da mão, erguer a mão e gritar para a multidão. Você mesmo já recontou essa história em várias ocasiões.

Enquanto isso, Georg conseguiu fazer com que o pai se sentasse de novo e tirou a calça de algodão que usava por cima das ceroulas de linho, assim como tirou delicadamente suas meias. Notou que a roupa de baixo dele não estava muito limpa, e culpou-se pela falta de cuidados com o pai. Era certamente obrigação dele zelar pela roupa de baixo do pai. Ainda não havia falado francamente com a noiva sobre como organizariam o futuro do pai, pois imaginaram que o pai permaneceria sozinho em sua morada. Mas agora estava decidido a levar o pai para sua futura casa. Com um olhar mais atento, parecia até que os cuidados de que o pai necessitava ali teriam vindo muito tarde.

Carregou nos braços o pai até a cama. Teve uma sensação terrível quando, ao dar alguns passos em direção à cama, notou que o pai brincava com a corrente do relógio junto ao peito. Não conseguiu colocá-lo logo na cama, tamanha a força com que o pai segurava a corrente do relógio.

Assim que foi colocado na cama, tudo parecia bem. Ele cobriu-se, puxou bem o cobertor até a altura dos ombros. Não parecia olhar para Georg de forma hostil.

— Então, não se lembra dele? — perguntou Georg, balançando a cabeça, encorajando-o.

— Estou bem coberto agora? — perguntou o pai, como se não pudesse verificar se os pés estavam cobertos.

— A cama está boa para você? — disse Georg, ajustando as cobertas em volta dele.

— Estou bem coberto? — perguntou novamente o pai, que parecia aguardar atentamente a resposta.

— Fique tranquilo agora, você está bem coberto.

— Não! — gritou o pai, interrompendo a resposta e jogando o cobertor para fora com tamanha força que, por um instante, se desdobrou completamente e ficou na vertical sobre a cama. Encostou de leve uma das mãos no teto do quarto.

— Você queria me cobrir, eu sei, meu pequeno rebento, mas ainda não estou coberto. E isto é suficiente para você, é demais para você. Pode ser que eu conheça seu amigo. Seria um filho como eu gostaria de ter. É por isso que você o tem traído todos esses anos. Por que não faria isso? Você acha que não chorei por ele? É por isso que você se tranca em seu escritório, ninguém deve incomodá-lo, o "chefe está ocupado", só para que você possa escrever uma carta falsa para a Rússia. Felizmente ninguém precisa ensinar um pai a ver através do filho. Você pensou que tinha me dominado, que poderia se sentar com sua bunda sobre mim para que eu não pudesse me mexer, e assim o senhor meu filho decidiu se casar!

Georg olhou para a figura fantasmagórica do pai. O amigo de São Petersburgo, que o pai de repente conhecia tão bem, o atingira como nunca antes. Ele o via perdido na vastidão da Rússia. Ele o via na porta da loja, que estava vazia após ser roubada. Entre os escombros das prateleiras havia mercadorias rasgadas, bicos de gás caídos, ele ainda estava de pé. Por que teve de ir para tão longe?

— Olhe para mim! — gritou o pai, e Georg correu para a cama, meio confuso, para recolher as cobertas, mas parou no meio do caminho.

— Porque ela ergueu a saia — o pai começou a assobiar —, porque ela ergueu a saia, a bestalhona asquerosa[47], e ele ergueu a camisa a ponto de mostrar a cicatriz que tinha na coxa, consequência dos anos de guerra; porque ela ergueu o vestido, ergueu assim e assado, ergueu até você se chegar com ela, para que você pudesse se satisfazer com ela sem ninguém atrapalhar, e assim envergonha a memória de sua mãe, trai os amigos e prende seu pai na cama, para que não possa me mover. Mas ele pode, não é?

Ele levantou-se por conta própria e esticou as pernas. Estava com uma lucidez radiante.

Georg permaneceu num canto, o mais longe possível do pai. Há um bom tempo havia decidido observar tudo atentamente, de modo a não ser surpreendido por trás ou pelo alto. Lembrou então da decisão havia muito esquecida e esqueceu-a novamente, algo difícil como passar um fio curto pelo buraco de uma agulha.

— Mas o amigo não foi traído, afinal! — gritou o pai, re-

47 No original *widerliche Gans*, ao pé da letra significa "gansa nojenta"; a palavra *Gans* (ganso) é um termo ofensivo para se referir a pessoas estúpidas, idiotas, burras.

forçando a resposta com o dedo indicador. — Eu era seu representante legal aqui.

— Comediante! — Georg não pode evitar a expressão, mas logo reconheceu o erro e mordeu a língua, contorcendo-se de remorso, embora já fosse tarde demais.

— Sim, isto é mesmo uma comédia! Comédia! Boa palavra! Que outro consolo restou para um velho pai viúvo? Diga! - enquanto responde, você ainda é meu filho vivo –, o que restou para mim no quarto do fundo, perseguido que sou por uma equipe desleal, eu, um velho decrépito[48]? E meu filho sai pelo mundo alegremente, fecha a loja que eu havia preparado para ele, fica se esbaldando por aí e se afasta do pai com a expressão séria de um cavalheiro! Você acha que eu não te amei, eu, aquele de quem você quer se afastar?

"Agora ele vai se curvar", pensou Georg, "e se caísse e se arrebentasse!". Essas palavras zuniam na sua cabeça.

O pai se curvou, mas não caiu. Como Georg não se aproximou, ao contrário do que ele esperava, o pai ergueu-se novamente.

— Fique onde está, não preciso de você! Você pensa que ainda pode vir aqui e só se contém porque quer. Mas você está enganado! Sempre serei o mais forte. Sozinho eu talvez tivesse de recuar, mas a mãe me deu muita força, com seu amigo me dei muito bem, e tenho no bolso todos os seus clientes!

"Até na camisa ele tem bolsos", disse a si mesmo Georg, e com essa observação poderia fazer o pai parecer ridículo para o mundo inteiro. Pensou nisso apenas por um momento, pois sempre se esquecia de tudo.

— Vá catar a sua noiva e venha aqui com ela, vou varrê-la para longe de você, você nem imagina como!

48 No original *alt bis in die Knochen*, literalmente "velho até os ossos", expressão para designar alguém muito velho, decrépito.

Georg fez uma careta, como se não acreditasse no que ouvira. O pai acenou com a cabeça para Georg para confirmar a veracidade do que dissera.

— Achei bem engraçado quando você veio aqui hoje e me perguntou se deveria escrever ao amigo sobre o noivado. Ele sabe de tudo, seu bobo, sabe de tudo! Já escrevi para ele, pois você se esqueceu de me tirar meus apetrechos de escrita. É por isso que ele não vem há anos, sabe de tudo cem vezes melhor que você, ele amassa suas cartas com a mão esquerda sem lê-las, e com a mão direita pega as minhas cartas para ler!

Entusiasmado, ele agitava o braço sobre a cabeça.

— Sabe de tudo mil vezes melhor! — gritava.

— Dez mil vezes! — disse Georg, para rir do pai, mas na sua boca essas palavras tinham um tom fúnebre.

— Há anos estava na expectativa de que você viria com essa pergunta! Você acha que me preocupo com outra coisa? Acha que leio jornais? Pois sim!

Ele atirou uma folha de jornal em Georg, que de alguma forma tinha ido parar na cama. Um jornal velho, cujo título Georg desconhecia completamente.

— Quanto tempo você ficou bobeando antes de amadurecer! A mãe teve de morrer, não viveu para ter esta alegria, o amigo está se acabando na Rússia, há três anos está tão amarelo que parece pronto para a cova, e quanto a mim, você pode ver. Tem olhos para isso!

— Então você estava à minha espera! — gritou Georg.

O pai disse de passagem, com compaixão:

— É possível que você tenha desejado dizer isso antes. Agora não adianta mais.

E em tom mais alto:

— Agora você sabe que há algo além de você, antes pensava que só havia você! Você era uma criança inocente, mas em essência era uma criatura diabólica! E saiba, portanto: Eu o condeno à morte por afogamento!

Georg sentia-se como se tivesse sido expulso do quarto, e o barulho de seu pai caindo da cama ainda ressoava em seus ouvidos. Na escada, por onde descia tão rápido como se estivesse em uma rampa, surpreendeu a criada, que se preparava para arrumar o quarto após aquela noite.

— Jesus! — gritou ela, com o rosto no avental, mas ele logo a deixou para trás. Pulou porta afora e atravessou a rua em direção à água. Agarrou o gradil com a avidez com que um faminto agarra um alimento. Balançou-se com a destreza do ginasta que fora na juventude, para orgulho dos pais. Ainda se segurando, com um pouco menos de força, avistou um ônibus, que facilmente abafaria o ruído de sua queda, e murmurou:

— Queridos pais, eu sempre os amei.

E então se deixou cair.

Naquele momento, o fluxo sobre a ponte estava intenso.

O FOGUISTA

Um fragmento

O FOGUISTA

Quando Karl Rossmann, de dezesseis anos, que havia sido enviado para a América por seus pobres pais porque uma criada o havia seduzido e tivera um filho com ele, adentrava o porto de Nova York em um navio que se movia lentamente, a Estátua da Liberdade, que já observava há algum tempo, pareceu-lhe repentinamente mais iluminada pela luz do sol. Era como se o braço com a espada[49] tivesse sido erguido há pouco, e o ar livre envolvesse toda a sua figura.

"Tão alta!", disse para si mesmo, sem pensar no desembarque, uma vez que era praticamente empurrado em direção ao corrimão pela multidão de carregadores que passava por ele.

Um jovem, que conhecera superficialmente durante a viagem, disse de passagem:

— E aí, não está ansioso para desembarcar?

— Já estou pronto — disse Karl, sorrindo, e ergueu a mala até a altura dos ombros, animado, pois era um jovem forte. Mas ao olhar para o conhecido, que se afastara um pouco, juntamente aos demais, balançando um pouco a bengala, percebeu, para seu desgosto, que havia esquecido o guarda-chuva. Então pediu a ele, que não pareceu muito satisfeito, a gentileza de esperar por um momento ao lado de sua mala, avaliou a situação

49 Kafka possivelmente substituiu a tocha da estátua por uma espada para representar o poder autoritário do Estado.

para imaginar como seria o retorno e partiu apressado.

Para seu desgosto, constatou que um corredor que encurtaria bastante o caminho estava fechado pela primeira vez, provavelmente em razão do desembarque de todos os passageiros, e assim teve de percorrer arduamente inúmeros pequenos compartimentos, uma sucessão de escadinhas, passar por corredores sempre tortuosos, por um compartimento vazio onde havia uma escrivaninha esquecida, até constatar que estava perdido, pois só havia feito esse trajeto uma ou duas vezes, e sempre acompanhado. Ficou perplexo, não havia viva alma por ali, apenas ouvia o arrastar de mil pés humanos acima de si, e percebendo ao longe, como um sopro, os últimos movimentos das máquinas já sendo desativadas, começou, sem pensar, a bater em uma portinhola qualquer, para não ficar só tentando a esmo.

— Já está aberta! — gritou alguém ali dentro, e Karl abriu a porta com um suspiro de alívio.

— Por que estava batendo na porta como um maluco? — gritou um homenzarrão, que mal olhava para Karl. Através de uma claraboia, a mísera cabine era fracamente iluminada, onde mal havia espaço para uma cama, um armário, uma poltrona e o homem, tudo bem apertado.

— Eu me perdi — disse Karl —, durante a viagem não notei que este navio era tão espantosamente grande.

— É, tem razão — disse o homem com certo orgulho, sem deixar de mexer no fecho de uma pequena mala, que abria e fechava continuamente com ambas as mãos, de maneira que pudesse ouvir o clique do fecho.

— Pode entrar — prosseguiu o homem — não vai ficar aí fora!

— Não estou incomodando? — perguntou Karl.

— Ora, como poderia incomodar?— O senhor é alemão?

Karl estava tentando se acalmar, pois ouvira falar muita

coisa sobre os perigos que ameaçam os recém-chegados à América, especialmente dos irlandeses.

— Sou, sou — disse o homem.

Karl ainda hesitava. Então subitamente o homem agarrou a fechadura e fechou a porta, com Karl do lado de dentro.

— Não gosto que olhem para mim do corredor, disse o homem, que continuava a mexer na mala.

— Todo mundo passa e olha para cá, e eu tenho de aturar!

— Mas o corredor está vazio — disse Karl, espremido desconfortavelmente contra a cabeceira da cama.

— É, agora está! — disse o homem.

"Bom, o fato é que é difícil falar com esse homem", pensou Karl.

— Por que não se deita na cama? Assim terá mais espaço — disse o homem.

Karl rastejou da maneira que pôde, e riu alto com o fracasso das primeiras tentativas de balançar-se até lá. Mal chegou à cama, porém, e gritou:

— Meu Deus, esqueci completamente da mala!

— Onde está?

— Em cima, no convés, um conhecido está tomando conta dela.

— Como ele se chama?

E de um bolsinho secreto, que a mãe havia costurado no forro do casaco para a viagem, sacou um cartão de visita.

— Butterbaum, Franz Butterbaum.

— O senhor precisa muito dessa mala?

— Claro!

— Então por que o senhor a deixou com um estranho?

— Esqueci meu guarda-chuva aqui embaixo e vim correndo pegá-lo, e não queria arrastar a mala comigo. E então me perdi.

— O senhor está sozinho? Sem acompanhante?

— Sim, sozinho.

"Eu tinha de ficar junto desse homem", refletiu Karl, "onde encontraria um amigo melhor?".

— Então o senhor perdeu a mala, sem falar do guarda-chuva?

O homem sentou-se na poltrona, como se os assuntos de Karl tivessem adquirido algum interesse para ele.

— Mas acho que a mala não está perdida.

— A fé traz felicidade — disse o homem, coçando vigorosamente os cabelos curtos, espessos e escuros. — Em um navio, mudam os portos e mudam os costumes. Em Hamburgo, o tal Butterbaum teria guardado a mala para você, aqui é muito provável que já não haja mais nem sinal dela.

— Tenho de subir imediatamente para ver — disse Karl, imaginando como poderia sair dali.

— Fique aqui — disse o homem, empurrando-o de volta para a cama com a mão em seu peito.

— E por quê? — perguntou Karl, irritado.

— Não há porquê — disse o homem — num instante vou sair, podemos ir juntos. Ou a mala foi roubada, e não há o que fazer, ou o homem ainda está tomando conta dela, e, portanto, é um idiota, ou é honesto e deixou a mala no lugar, e será mais fácil achá-la agora que o navio está vazio. E também o seu guarda-chuva.

— O senhor conhece o navio? — perguntou Karl, desconfiado, pois teria de ser fisgado pela ideia de que seria mais fácil encontrar suas coisas em um navio vazio.

— Sou o foguista do navio — disse o homem.

— O senhor é foguista! — exclamou Karl alegre, era algo que superava suas expectativas, e apoiou-se no cotovelo para olhar o homem mais de perto.

— Em frente à cabine que eu dividia com o eslovaco havia uma escotilha de onde dava para ver a casa de máquinas.

— É, trabalhei lá — disse o foguista.

— Sempre me interessei por assuntos técnicos — disse Karl, e prosseguiu nessa área.

— Eu certamente seria engenheiro se não tivesse de vir para a América.

— E por que o senhor teve de vir?

— Pois bem... — e fez um sinal com as mãos como que para livrar-se da história. Olhou para o foguista com um sorriso, como se pedisse desculpas por não fazer uma confissão.

— Deve haver um motivo — disse o foguista, e não se podia saber ao certo se queria conhecer ou não esse motivo.

— Eu também poderia ser foguista — disse Karl. — Para meus pais não faz diferença o que eu seja.

— Meu posto vai ficar vago — disse o foguista, enfiando conscientemente as mãos nos bolsos das calças amassadas, de tom cinza-ferroso, de um material que parecia couro, e esticou as pernas sobre a cama, de modo que Karl teve de se encostar ainda mais na parede.

— O senhor vai deixar o navio?

— Seguimos hoje.

— Por quê? Não gosta daqui?

— Sim, mas são as circunstâncias, nem sempre dá para escolher o que se gosta. Pensando bem, não gosto disso. O senhor não deve pensar seriamente em se tornar foguista, mas essa é a forma mais fácil de se tornar um. Eu não recomendo. Se o senhor queria estudar na Europa, por que não estuda aqui? As universidades americanas já são incomparavelmente melhores que as europeias.

— É bem possível — disse Karl —, mas praticamente não tenho dinheiro para estudar. Li em algum lugar sobre um sujeito que de dia trabalhava em uma loja e estudava à noite, até que se tornou doutor e acho que até prefeito, mas para isso é preciso muita perseverança, não é? Receio que me falta essa qualidade. Além disso, nunca fui muito bom aluno, e largar a escola não foi algo muito difícil para mim. Talvez aqui as escolas sejam ainda mais rígidas. Mal falo inglês. E aqui as pessoas têm muita má vontade com estrangeiros, penso eu.

— Já teve alguma experiência? Isso é bom. O senhor já é um homem. Veja, estamos em um navio alemão, da linha Hamburgo-América, por que todos aqui não são alemães legítimos? Por que o chefe de máquinas é romeno? O nome dele é Schubal. É inacreditável. Esse canalha maltrata alemães num navio alemão. O senhor não pense — desabafou, gesticulando — que reclamo por reclamar. O senhor não tem nada a ver com isso, eu sei, é só um pobre coitado. Mas é uma droga!

Ele esmurrou a mesa repetidas vezes, sem tirar os olhos dela.

— Já trabalhei em muitos navios — e citou vinte nomes, um após o outro, como se formassem uma só palavra, e Karl ficou confuso — e me destaquei, fui elogiado, agradei aos capitães, permaneci por anos no mesmo veleiro mercante — aprumou-se, como se fosse este o ponto alto de sua vida — e aqui, nesta cabine, onde tudo tem de estar de acordo com as regras, onde não há lugar para brincadeira, aqui não sirvo para nada, estou sempre no caminho de Schubal, sou um mandrião, digno de se jogar fora, recebo um pagamento por piedade. O senhor consegue entender? Eu não!

— O senhor não pode mesmo tolerar isso — disse Karl, indignado. Quase perdera a sensação de estar no piso instável de um navio, na costa de um recanto desconhecido da Terra, pois sentia-se mais à vontade na cama do foguista.

— O senhor já esteve com o capitão? Já reclamou por seus direitos com ele?

— Ora, vá embora. É melhor que o senhor vá. Não o quero mais aqui. O senhor não me ouve e agora me dá conselhos. Como, ir ao capitão?

Cansado, o foguista sentou-se novamente e colocou as mãos no rosto.

"Conselho melhor não posso dar", disse Karl para si mesmo. E concluiu que teria sido melhor ir buscar sua mala do que dar conselhos que seriam considerados tolos. Quando o pai lhe deu a mala em definitivo, perguntara de forma jocosa: "Por quanto tempo vai ficar com ela?", e agora talvez a mala tão cara estivesse mesmo perdida. O único consolo é que o pai dificilmente saberia da sua situação atual, ainda que fosse investigar. A companhia de navegação só poderia informar de que chegara a Nova York. Karl lamentava-se por quase não ter usado as coisas que havia na mala, embora há muito precisasse trocar de camisa, por exemplo. Economizou com as coisas erradas. Agora, no início de sua trajetória profissional, em vez de aparecer com roupas limpas, teria de ir com roupas sujas. Não fosse isso, a perda da mala não seria tão grave, pois o traje que vestia era melhor do que o que estava na mala, que era na verdade para emergências, e a mãe o havia consertado pouco antes da partida. Agora também se lembrou que ainda havia na mala um pedaço de salame de Verona, que a mãe havia embrulhado como um mimo adicional, do qual só tinha comido um pedacinho, pois ao longo da viagem esteve quase sem apetite e a sopa que era distribuída no convés inferior[50] lhe bastava. Bem que gostaria de ter o embutido à mão agora para oferecê-lo ao foguista. Você pode conquistar facilmente esse tipo de pessoa ao oferecer-lhes uma miudeza, era algo que Karl aprendera com o pai, que conquistara todos os funcionários de escalão inferior ao distribuir charutos a eles. A única coisa que Karl podia dar agora era seu dinheiro, e não queria fazer isso, pois talvez tivesse mesmo perdido a mala. Novamente voltou seus pensamentos para a mala, e não podia compreender por que ao longo da viagem fora tão cuidadoso com a mala, o que quase lhe custou o sono, e agora havia permitido que a levassem com tanta facilidade. Lembrou-se que, por cinco noites, suspeitou de um pequeno eslovaco, cinco camas à sua esquerda, que estava de olho na mala. Esse eslovaco só aguardava que Karl, vencido pelo sono, cochilasse por um instante para que pudesse puxar a mala com uma longa vara, com a qual brincava ou praticava ao longo do dia. Durante o dia, esse eslovaco parecia bem inocente, mas assim que caía a noite levantava-se de tempos em tempos e voltava o olhar tristonho para a mala de Karl. Karl via isso muito claramente, pois alguém com a inquietação de um imigrante está sempre acendendo umas luzinhas aqui e acolá, ainda que seja proibido pelos regulamentos do navio, e tentava decifrar os incompreensíveis folhetos da agência de imigração. Se uma luz como essa estivesse por perto, Karl poderia deixá-la um pouco mais fraca, mas se estivesse distante, ou se estivesse escuro, então teria de manter os olhos bem abertos. Estava um pouco cansado pelo que passara. Ai se pudesse encontrar esse tal de Butterbaum!

Nesse momento, soaram no ambiente até então bem silencioso umas batidinhas do lado fora, como de pés de criança, que se aproximavam e ficavam mais intensos, como passos tranquilos de homens. Aparentemente caminhavam em fila, como seria natural no corredor estreito, e ouviam-se cliques como de armas. Karl, que já se esticava para dormir na cama e

50 *Zwischendeck* no original, setor mais barato em um navio de passageiros.

livrar-se das preocupações com a mala e o eslovaco, assustou-se e cutucou o foguista, para que enfim prestasse atenção nele, pois a tropa parecia prestes a atingir a porta.

— É a banda do navio — disse o foguista. — Eles tocaram lá em cima e agora estão fazendo as malas. Está tudo pronto. Podemos ir. Venha!

Ele agarrou Karl pela mão, deu uma última olhada num quadro da Virgem Maria que estava pendurado na parede e enfiou-o no bolso, pegou a mala e deixou a cabine com Karl.

— Agora vou ao escritório para dizer aos senhores o que penso. Não há mais passageiros, não preciso mais ser educado.

O foguista repetia essas palavras de várias maneiras, e teve vontade de chutar um rato que cruzou o caminho, mas apenas o empurrou mais rápido para dentro do buraco, no qual entraria de qualquer forma. Seus movimentos geralmente eram lentos, embora suas pernas fossem longas, mas eram muito pesadas.

Passaram por uma seção da cozinha onde moças com aventais sujos - elas os sujavam de propósito - lavavam a louça em grandes pias. O foguista chamou para junto de si uma certa Line, envolveu-a pelos quadris com o braço enquanto ela se apertava um pouco contra o braço dele, coquete.

— É hora do pagamento, quer vir comigo? — perguntou ele.

— E eu com isso, traga o dinheiro aqui — respondeu ela, livrando-se do braço dele e se afastando.

— Onde achou esse menino bonito? — perguntou ela, mas não obteve resposta. Ouvia-se o riso de todas as moças, que tinham interrompido o trabalho.

Seguiram em frente e chegaram a uma porta, com um pequeno frontão sustentado por cariátides[51] douradas. Parecia

51 Figura feminina, elemento de decoração arquitetônico.

um desperdício na decoração de um navio. Ele notou que Karl nunca havia estado nessa área, que possivelmente fora reservada para os passageiros da primeira e da segunda classe ao longo da viagem, mas agora as separações haviam sido removidas para que se fizesse a limpeza do navio. De fato, depararam-se com alguns homens que traziam vassouras junto aos ombros, e o foguista os cumprimentava. Karl ficou surpreso com a envergadura da operação, no convés inferior não percebera muita coisa. Havia fios elétricos esticados ao longo dos corredores e ouvia-se continuamente uma sineta.

O foguista bateu respeitosamente à porta, e quando alguém gritou "entre", acenou para Karl para que entrasse sem medo. Ele entrou, mas permaneceu junto à porta. Pelas três janelas da cabine podia ver as ondas do mar e, pensar em seus alegres movimentos, tocou seu coração, pois por cinco dias ininterruptos não pôde ver o mar. Grandes navios cruzavam-se em suas rotas e só cediam à ação das ondas proporcionalmente a seu peso. Cerrando os olhos, era possível ver como esses navios balançavam em razão de seu peso. Traziam nos mastros bandeiras longas e estreitas, enfunadas pela marcha do navio, mas sem deixar de balouçar livremente. Tiros de saudação soaram, possivelmente de navios de guerra, os canos de aço do canhão de um navio não muito distante reluziam, acalentados por movimentos seguros, suaves, ainda que não nivelados. Navios pequenos e barcos só podiam ser vistos, pelo menos da porta, quando se abria um espaço entre os grandes navios. Por trás de tudo isso estava Nova York, e Karl via as centenas de milhares de janelas de seus arranha-céus. Sim, nesta cabine era possível saber onde se estava.

Três cavalheiros estavam sentados a uma mesa redonda, um era oficial do navio, de uniforme azul, e os outros dois, de uniformes pretos americanos, eram funcionários da autoridade portuária. Havia diversos documentos empilhados sobre a mesa, que o oficial examinava com a pena na mão, e depois repassava aos outros dois, que os liam, destacavam trechos, os colocavam em pastas, a não ser quando um deles, rangendo ligeiramente os dentes, ditava algo protocolar para o colega.

Junto à janela, sentado a uma escrivaninha, com as costas voltadas para a porta, havia um cavalheiro mais baixo, ocupado com grossos volumes, que estavam organizados em uma grossa prateleira à altura de sua cabeça. Perto dele havia um cofre, que pelo menos à primeira vista parecia vazio.

A segunda janela estava livre e permitia a melhor vista. Próxima à terceira, dois cavalheiros conversavam em voz baixa. O primeiro, encostado na janela, estava também com o uniforme do navio e brincava com o cabo de uma espada. O homem com quem falava estava voltado para a janela e remexia continuamente na fileira de medalhas que o outro trazia no peito. Estava à paisana e segurava com as duas mãos uma bengalinha de bambu junto ao quadril, como se fosse uma espada.

Karl não teve muito tempo para observar tudo isso, porque logo apareceu um camareiro, que perguntou ao foguista, com um ar de que aquilo não era com ele, o que desejava. O foguista respondeu, num tom tão baixo como o da pergunta, que queria falar com o responsável pelo pagamento. O camareiro esquivou-se do pedido com um gesto, deu uma ampla volta para evitar a mesa redonda e seguiu na ponta dos pés até o cavalheiro com os grossos volumes. Este cavalheiro – via-se claramente – ficou instantaneamente paralisado com as palavras do camareiro, mas por fim voltou-se para o homem que queria falar com ele, gesticulou vigorosamente para dispensar o foguista e, por segurança, também o camareiro. Então o camareiro voltou-se para o foguista e disse num tom como se estivesse lhe confiando um segredo:

— Saia imediatamente desta cabine!

O foguista então olhou para Karl como se ele fosse alguém querido, com quem podia compartilhar em silêncio seus queixumes. Sem pensar, Karl saiu correndo pela cabine, esbarrou de leve na poltrona do oficial, e o camareiro, curvado, foi atrás dele, com os braços estendidos para agarrá-lo, como se estivesse à caça de um bicho asqueroso, mas chegou antes à mesa do tesoureiro, a quem agarrou com força, no caso de o camareiro querer tirá-lo dali.

Claro que toda a cabine ficou agitada. O oficial do navio que estava à mesa pulou da cadeira, os oficiais da autoridade portuária observavam tranquilos, mas, com atenção, os dois cavalheiros junto à janela se aproximaram, e o camareiro, que acreditava que não tinha o que fazer quando altos interesses estavam em jogo, se afastou. O foguista, tenso, aguardava perto da porta até que fosse necessário intervir. O tesoureiro, enfim, deu uma grande guinada para a direita em sua poltrona.

Karl revolveu o bolso secreto, que no momento não se preocupou em revelar diante daquelas pessoas, e sacou o passaporte, que colocou aberto sobre a mesa em vez de fazer maiores apresentações. O tesoureiro aparentemente não o considerou digno de nota, pois com dois dedos o jogou para o lado, e Karl guardou-o novamente no bolso, como se essa formalidade tivesse sido suficiente.

— Permitam-me dizer — começou ele — que na minha opinião o senhor foguista tem sido vítima de uma injustiça. Por aqui há um certo Schubal, que o maltrata. Ele já trabalhou em muitos navios, que pode citar, de forma plenamente satisfatória, é esforçado, considera-se um bom profissional e é realmente difícil compreender por que, precisamente neste navio, onde o trabalho não é tão difícil, por exemplo, quanto em um veleiro de carga, não acataria as ordens da melhor maneira possível. Logo, somente a calúnia poderia limitar seu progresso e impedir o reconhecimento devido, que de outra forma não lhe faltariam. Fiz apenas considerações gerais sobre a questão, ele mesmo apresentará suas principais queixas.

Karl dirigiu esse discurso a todos os cavalheiros ali presentes, que naturalmente o ouviram, e certamente haveria alguém justo entre eles e, talvez, fosse justamente o tesoureiro. Espertamente, Karl silenciou sobre o fato de conhecer o foguista havia pouco tempo. Na verdade, teria falado muito melhor se não tivesse se assustado com o rosto vermelho do cavalheiro com a bengalinha de bambu que, pelo lugar onde estava, vira pela primeira vez.

— Isto está correto palavra por palavra — disse o foguista, antes que alguém lhe perguntasse, antes mesmo que alguém olhasse para ele. A precipitação do foguista teria sido um grande erro se o cavalheiro com as condecorações, que como Karl já havia notado era o capitão, não estivesse claramente disposto a ouvir o foguista. Ele estendeu a mão e chamou o foguista:

— Venha até aqui! — disse com uma voz firme, como se estivesse pronto para dar golpes de machado. Agora tudo dependia do comportamento do foguista, pois Karl não tinha dúvidas sobre a justeza da causa.

Felizmente, esta foi uma oportunidade para o foguista mostrar que já viajara muito pelo mundo. Com uma calma exemplar, tirou da malinha um pequeno maço de papéis e uma caderneta e, ignorando completamente o tesoureiro, seguiu até o capitão e espalhou suas provas no parapeito da janela. Ao responsável pelo pagamento não restou outra alternativa:

— Este homem é um notório encrenqueiro — esclareceu ele — passa mais tempo na tesouraria central do que na casa de máquinas. Quase enlouqueceu Schubal, um homem tranquilo. Ouça aqui o senhor! — disse, voltando-se para o foguista — O senhor está indo longe demais com suas importunações. Quantas vezes já teve de ser colocado para fora da sala de pagamentos, o que por sinal mereceu em razão de suas demandas total e completamente injustificadas! Quantas vezes teve de ser enxotado da tesouraria? Quantas vezes lhe disseram, com toda a gentileza, que Schubal é seu superior imediato, e o senhor é subordinado dele, e só com ele tem de se entender? E agora o senhor vem, quando o capitão está aqui, e não se envergonha de incomodá-lo, e não hesitou para trazer este pequenino, ensinado para ser porta-voz de suas acusações absurdas, e que pela primeira vez vejo neste navio!

Karl teve de se conter para não dar um pulo. Então o capitão disse:

— Vamos ouvir este homem, então. Para mim Schubal tem sido ultimamente independente demais, o que não significa que estou de acordo com o senhor.

Isto se aplicava ao foguista, e era natural que ele não estivesse pronto para se defender, mas parecia que estava no caminho certo. O foguista começou a dar suas explicações e logo no início se superou ao se referir a Schubal como "cavalheiro". Karl divertia-se na escrivaninha vaga do tesoureiro, onde pressionava continuamente a balança de cartas[52] só de brincadeira.

— O senhor Schubal é injusto! O senhor Schubal prefere estrangeiros! O senhor Schubal expulsou o foguista da casa de máquinas e o mandou limpar as privadas, o que certamente não era tarefa dele! — Até a capacidade de Schubal foi questionada, pois era mais aparente que real. Nesse ponto, Karl olhou com firmeza para o capitão, como se fosse seu colega, para que ele não tivesse uma impressão desfavorável do foguista pelo seu modo desajeitado de se expressar. De qualquer modo, não se podia auferir nada de prático com todos esses discursos, e ainda que o capitão olhasse para ele diretamente, determinado a ouvir a narrativa do foguista até o fim, os demais cavalheiros estavam impacientes, a voz do foguista não mais dominava a cabine,

52 Balança para pesar correspondência e calcular o custo dos selos.

o que despertava temores. Primeiramente, o cavalheiro à paisana batia de leve no assoalho com a bengalinha de bambu. Os demais cavalheiros olhavam pra lá e para cá, os cavalheiros da autoridade portuária, que obviamente tinham mais o que fazer, retomaram seus papéis e puseram-se a examiná-los, o oficial do navio voltou para a mesa, e o tesoureiro, que aparentemente tinha vencido a parada, deu um suspiro irônico. Só o camareiro não tinha nada que ver com a confusão, pois simpatizava com as dores do pobre homem em relação aos grandes, e acenava para Karl, como se quisesse esclarecer alguma coisa.

Enquanto isso, a vida portuária continuava do lado de lá da janela; uma barcaça com uma montanha de barris, que precisavam ser maravilhosamente bem arrumados para que não rolassem, passava por ali, e quase mergulhou a cabine na escuridão; pequenos barcos a motor, que Karl poderia ter visto nitidamente se houvesse tempo, avançavam em linha reta sob o comando de um homem em pé, que segurava o timão com mãos inquietas; peculiares objetos flutuantes emergiam de quando em quando das águas calmas, para logo em seguida afundarem inundados diante de olhares perplexos; os botes dos transatlânticos a vapor[53] eram conduzidos por marinheiros que remavam vigorosamente, cheios de passageiros que se espremiam, em silêncio, na expectativa, e alguns não podiam evitar o balançar de cabeça diante do cenário em constante mudança. Um movimento sem fim, uma inquietação, transferida do elemento inquieto para pessoas desamparadas e suas obras.

Mas tudo exigia pressa, precisão, para um relato bem exato, mas que fez o foguista! Falava suando, suas mãos estavam trêmulas e não conseguia segurar os papéis que colocara na janela, queixas contra Schubal vinham de toda parte e, na sua opinião, seriam suficientes para enterrá-lo definitivamente, mas o que

53 Botes em que os passageiros de um transatlântico eram transportados ao porto.

conseguiu mostrar ao capitão foi nada mais que uma lamentável confusão. O cavalheiro com a bengalinha de bambu já há muito assobiava voltado para o teto, os cavalheiros da autoridade portuária mantinham o oficial à mesa e não davam sinais de que o liberariam, o tesoureiro só não interveio porque foi contido pela calma do capitão, o camareiro esperava em posição de sentido por uma ordem do capitão em relação ao foguista.

Karl não podia ficar quieto. Caminhou lentamente em direção ao grupo e, à medida que se aproximava, pensava em como poderia resolver a questão da forma mais habilidosa possível. Já era em tempo, mais um pouco e os dois iriam voar para fora da cabine. O capitão parecia ser um bom homem e poderia ter uma razão especial para ser um superior justo, pelo menos era o que julgava Karl, mas, afinal, não era um instrumento que podia ser manipulado – e era exatamente assim que estava sendo tratado pelo foguista, consequência de sua profunda indignação.

Então Karl falou assim ao foguista:

— O senhor precisa falar de forma mais simples, mais clara, porque o capitão não vai entender da forma que está narrando. Por acaso ele conhece todos os maquinistas e mensageiros pelo sobrenome, ou pelo primeiro nome, para que possa reconhecer logo de quem se trata? Ordene suas queixas, primeiro as mais importantes, as demais em ordem decrescente, talvez não seja necessário tratar da maioria delas. O senhor sempre foi tão claro para mim! — Quando uma mala era roubada na América, podia-se mentir de um jeito ou de outro, pensava ele como desculpa.

Quem dera se isso tivesse ajudado! Não seria tarde demais? O foguista silenciou assim que ouviu a voz conhecida, mas seus olhos estavam tão obscurecidos pelas lágrimas decorrentes de sua honra conspurcada, pelas terríveis lembranças, pela angústia extrema que sentia no momento, que mal podia reconhecer Karl. Como poderia agora? – Karl olhava em silêncio para o homem que também se calara – Como poderia mudar repentinamente sua maneira de falar, já que parecia ter dito tudo o que precisava ser dito, sem que obtivesse o menor efeito e, por outro lado, se não tivesse dito nada, não poderia esperar que os cavalheiros o ouvissem agora. Nesse momento Karl era o único que o apoiava, quis lhe dar bons ensinamentos, mas, em vez disso, mostrava que tudo, tudo estava perdido.

"Se eu tivesse interferido antes em vez de ficar olhando pela janela", dizia Karl para si mesmo, abaixando a cabeça para o foguista e batendo nas costuras laterais das calças em sinal de desesperança.

O foguista não entendeu o gesto, sentiu que Karl o reprovava secretamente e, com a boa intenção de persuadi-lo, coroou seus feitos com uma discussão com ele. Há muito os cavalheiros à mesa redonda estavam incomodados com a barulheira inútil que atrapalhava o trabalho importante que faziam; o tesoureiro, julgando incompreensível a paciência do capitão, estava a ponto de intervir; o camareiro, de volta à esfera dos cavalheiros, dirigia um olhar ferino para o foguista; e por fim o cavalheiro com a bengalinha de bambu, para quem o capitão olhava amigavelmente de quando em quando, farto com o foguista, para não dizer enojado, sacou uma caderneta e, claramente ocupado com outros assuntos, olhava alternadamente para Karl e para a caderneta.

– Eu sei, eu sei – disse Karl, que teve dificuldade para se esquivar da torrente de palavras do foguista, que apesar da discussão ainda tinha para ele um sorriso amigável – o senhor tem razão, está certo, nunca duvidei disso.

Ele gostaria de ter contido as mãos agitadas do foguista por medo de ser atingido, e melhor ainda seria chamá-lo para um canto e sussurrar-lhe algumas palavras tranquilizadoras, palavras que ninguém mais pudesse ouvir, mas o foguista parecia estar completamente fora de si. Karl começou a imaginar, como forma de consolo, que, em uma emergência, o foguista poderia vencer todos os sete homens ali presentes pela força de seu desespero. Entretanto, entreviu rapidamente um dispositivo com vários botões de acionamento elétrico sobre a escrivaninha, e uma mão, simplesmente ao pressioná-los, poderia fazer com que todo o navio, com os homens hostis a bordo, se rebelasse.

Então o homem com a bengalinha de bambu, até então tão desinteressado, aproximou-se de Karl e perguntou, em tom não muito alto, mas indubitavelmente mais alto que o da gritaria do foguista:

— Qual é mesmo o seu nome?

Nesse momento, como se estivesse alguém atrás da porta à espera dessa declaração do cavalheiro, ouviu-se uma batida. O camareiro olhou para o capitão, que consentiu. O camareiro foi até a porta e a abriu. Do lado de fora, com um velho casaco imperial, estava um homem de estatura mediana, cuja aparência não combinava muito para o trabalho com máquinas, era ele em pessoa – Schubal. Se Karl não o tivesse reconhecido pelo olhar de satisfação de todos os cavalheiros, inclusive do capitão, poderia deduzir pelo espanto do foguista – que cerrava os punhos com os braços tensionados, como se esse punho cerrado fosse a coisa mais importante que tinha –, o qual estava disposto a sacrificar tudo. Nisto estava concentrada toda a sua força, era o que o mantinha de pé.

Lá estava o inimigo, livre e solto no traje formal, com um livro de contas debaixo do braço, provavelmente com as listas de pagamentos e documentos de trabalho do foguista, a olhar desafiadoramente nos olhos de todos, como que para avaliar os ânimos de cada um. Os sete eram todos seus amigos, ainda que o capitão tivesse tido algumas objeções contra ele, que talvez fossem até fingidas, mas pelo incômodo que o foguista lhe causara, possivelmente já não tinha mais a menor objeção. Não se pode ser muito rígido contra um homem como o foguista e, se havia alguma coisa contra Schubal, era o fato de, nesse tempo todo, não ter quebrado a obstinação do foguista, que hoje ousara aparecer diante do capitão.

Era possível presumir que o confronto entre o foguista e Schubal não seria julgado por esses homens de forma muito diferente da de um fórum superior, pois ainda que Schubal se apresentasse bem, não seria capaz de ir até o fim. Bastava mostrar àqueles cavalheiros um breve lampejo de sua maldade, e Karl imaginava como faria isso. Já conhecia um pouco da perspicácia, das fraquezas e dos humores de cada cavalheiro, e, portanto, o tempo que passara ali não havia sido em vão. Se ao menos o foguista tivesse se saído melhor, mas parecia inapto para o confronto. Se alguém colocasse Schubal diante dele, poderia talvez golpear seu odiado crânio com os punhos. Mas não conseguia nem dar uns poucos passos na direção dele. Por que Karl não previra o que era facilmente previsível, que Schubal teria de vir, senão por vontade própria, chamado pelo capitão? Por que no caminho não discutira com o foguista um plano de combate mais preciso, em vez de entrar por aquela porta totalmente despreparados? O foguista ainda podia falar, responder sim ou não como em um interrogatório cruzado[54], o que de qualquer modo só ocorreria na hipótese mais favorável? Ele permanecia ali, com as pernas afastadas, os joelhos levemente dobrados, a cabeça um pouco inclinada, respirando pela boca aberta, como se os pulmões não funcionassem mais.

Karl, porém, sentia-se mais forte e mais esperto do que jamais se sentira em casa. Se ao menos os pais pudessem ver como

54 Ou exame cruzado, tipo de inquirição das partes em um processo, termo jurídico.

ele, em uma terra estrangeira, diante de pessoas respeitáveis, defendia uma boa causa e, ainda que não fosse vitorioso, estava plenamente preparado para o triunfo final! Será que mudariam de opinião sobre ele? Que o fariam sentar-se entre eles e elogiá-lo? Que por uma vez, uma única vez, olhariam em seus olhos devotados? Questões arriscadas, e o pior momento para fazê-las!

— Vim porque acho que o foguista me acusa de alguma desonestidade. Uma moça da cozinha me disse que o viu vindo para cá. Senhor capitão, e todos os senhores cavalheiros, estou pronto para refutar qualquer acusação por escrito e, se necessário, por testemunhas imparciais e não influenciáveis, que estão à porta.

Assim falou Schubal. Era o discurso claro de um homem, e pela mudança nas expressões dos ouvintes, era a primeira vez em muito tempo que ouviam novamente uma voz humana. Não perceberam, é claro, que esse belo discurso tinha lacunas. Por que a primeira palavra significativa que lhe veio à mente foi "desonestidade"? Talvez as acusações devessem começar por aqui, em vez de seus preconceitos quanto à nacionalidade? Uma moça da cozinha vira o foguista indo para a cabine e Schubal captou tudo imediatamente? Não foi o sentimento de culpa que aguçou seus sentidos? E trouxera testemunhas, que dizia ser imparciais e não influenciáveis? Trapaça, nada além de trapaça! Os cavalheiros toleraram isso e ainda consideraram um comportamento adequado? Por que deixou que tanto tempo se passasse entre o aviso da moça da cozinha e sua chegada ali, já que o objetivo não era outro senão esperar que o foguista cansasse os cavalheiros de tal modo que perderiam sua capacidade de julgar, e tal capacidade era o que Schubal mais temia? Na certa já estava há muito tempo atrás da porta, e só bateu quando julgou que a pergunta irrelevante de um dos cavalheiros ao foguista liquidaria a questão?

Tudo estava claro, Schubal expressou-se assim contra sua vontade, mas era preciso fazer de outra forma, ser ainda mais claro com os cavalheiros. Precisavam de uma sacudida.

Karl explorou o tempo da melhor forma, antes que as testemunhas entrassem e pusessem tudo por água abaixo.

O capitão apenas dispensou Schubal com um aceno, que imediatamente deu um passo para o lado – sua questão parecia ter sido adiada por um tempo – e começou uma conversa em voz baixa com o camareiro, que logo se juntou a ele, enquanto olhava de soslaio para o foguista e para Karl, sem deixar de fazer gestos enfáticos. Schubal parecia estar ensaiando o próximo grande discurso.

— O senhor não gostaria de fazer uma pergunta a esse jovem, senhor Jakob? — disse o capitão ao cavalheiro com a bengalinha de bambu, quebrando o silêncio que reinava ali.

— É claro! — disse ele, inclinando-se ligeiramente em agradecimento. — Como é mesmo o seu nome?

Karl, que acreditava ser benéfico para essa boa causa responder rapidamente ao severo interrogador, deu uma resposta curta, sem mostrar o passaporte, como habitualmente fazia, pois teria de encontrá-lo:

— Karl Rossmann.

— Mas... — disse o citado Jakob, recuando, com um sorriso incrédulo. Também o capitão, o tesoureiro, o oficial e até mesmo o camareiro estavam claramente espantados ao ouvir o nome de Karl. Apenas os cavalheiros da autoridade portuária e Schubal permaneceram indiferentes.

Mas... — repetiu o senhor Jakob, aproximando-se de Karl com passos firmes — Sou seu tio Jakob, e você é meu querido sobrinho. Já suspeitava disso há muito tempo — disse ele ao capitão, antes de abraçar e beijar Karl, que silenciosamente deixou que isso tudo acontecesse.

— Como o senhor se chama? — perguntou Karl, quando já estava mais à vontade, muito educadamente, ainda que de forma completamente impassível, esforçando-se para prever as consequências deste novo acontecimento para o foguista. Não lhe parecia, no momento, que Schubal pudesse se beneficiar disso.

— Veja como o senhor tem sorte, meu rapaz — disse o capitão, que julgava que Jakob poderia ter se ofendido com a pergunta de Karl, pois estava junto à janela, aparentemente para não mostrar aos demais o rosto excitado, que enxugava com um lenço.

— É o senador Edward Jakob, que se identificou como seu tio. Uma carreira brilhante aguarda pelo senhor, ainda que isto contrarie suas expectativas até o momento. Tente encarar isso da melhor forma possível e acalme-se!

— Tenho mesmo um tio Jakob na América — disse Karl voltando-se para o capitão — mas, se entendi bem, Jakob é o sobrenome do senador.

— Isso mesmo! — disse o capitão, cheio de expectativas.

— Só que meu tio Jakob, irmão de minha mãe, chama-se Jakob, é o prenome dele, o sobrenome é naturalmente o mesmo de minha mãe, que nasceu Bendelmayer.

— Cavalheiros! — exclamou o senador, voltando alegremente para sua posição de descanso junto à janela, em reação à resposta de Karl. Todos, exceto os funcionários da autoridade portuária, caíram na gargalhada, alguns emocionados, alguns impenetráveis.

"Eu não disse nada tão ridículo", pensou Karl.

— Cavalheiros — repetiu o senador —, os senhores, e inclusive eu, estamos participando involuntariamente de uma pequena cena familiar, e não posso me furtar de dar uma explicação, pois creio que somente o capitão — ao ser citado, todos fizeram uma reverência a ele — está ciente dos fatos.

"Tenho de prestar atenção em cada palavra", disse Karl para si mesmo, e alegrou-se quando olhou de lado e viu que a vida começava a retornar à figura do foguista.

— Em todos os longos anos de minha estada na América - a palavra "estada" não é muito adequada para um cidadão americano, que sou com toda a minha alma - e por todos os outros anos, vivi totalmente separado de meus parentes europeus, por motivos que primeiramente não cabe aqui tratar e, em segundo lugar, porque falar sobre isso me causa muita dor. Temo pelo momento em que talvez seja forçado a dar esclarecimentos a meu querido sobrinho e infelizmente não poderei evitar palavras francas sobre os pais dele.

"É meu tio, sem dúvida", disse a si mesmo Karl, e ouvia, "provavelmente ele mudou o nome".

— Meu querido sobrinho foi - para usar a palavra que realmente descreve o que ocorreu - simplesmente posto para fora, como se joga um gato porta afora quando está incomodando. Não quero ocultar o que meu sobrinho fez para receber tal castigo, mas foi algo que basta nomear para que sua falta seja perdoada.

"Tudo bem", pensou Karl, "mas não quero que ele conte tudo. Pode ser que ele próprio não saiba. Como poderia?".

— Na verdade — prosseguiu o tio, apoiando-se na bengalinha de bambu, agitando-a ligeiramente, como que para amenizar uma desnecessária seriedade que o caso de outro modo teria —, ele foi seduzido por uma criada, Johanna Brummer, uma pessoa com uns 35 anos. Não quero ofender meu sobrinho com a palavra "seduzido", mas é difícil encontrar outra palavra que seja adequada.

Karl, que já estava bem próximo do tio, voltou-se para ver a impressão que a narrativa causara no rosto dos presentes. Ninguém ria, todos ouviam atenta e pacientemente. Afinal, ninguém ri do sobrinho de um senador quando se depara com um. Podia-se dizer que o foguista esboçara um leve sorriso para Karl, o que era, em primeiro lugar, um sinal de vida, algo para se alegrar e, em segundo lugar, era desculpável, pois na cabine Karl havia guardado estrito segredo sobre a questão que agora se tornara pública.

— E essa tal Brummer — prosseguiu o tio — teve um filho com meu sobrinho, um menino saudável, que foi batizado como Jakob, sem dúvida em homenagem à minha humilde pessoa, e mesmo uma ligeira menção de meu nome pode ter causado uma forte impressão na moça. Felizmente, digo eu. Os pais, na tentativa de evitar o pagamento de uma pensão alimentícia, ou outros escândalos que pudessem atingi-los – ignoro, devo dizer, as leis locais e a situação em que estavam os pais – e para evitar que o filho fosse alvo de outros escândalos, deixaram que meu querido sobrinho fosse enviado à América, irresponsavelmente sem a bagagem adequada, como se pode ver e, assim, este jovem, se não por conta dos símbolos e maravilhas ainda tão vívidos na América, por conta própria iria se perder em alguma viela nos arredores do porto de Nova York se a criada não tivesse me contado, em uma carta endereçada a mim, toda a história, carta que desde ontem, após longos extravios, está sob minha posse, na qual incluiu uma descrição pessoal de meu sobrinho e também teve o cuidado de incluir o nome do navio. Se eu quisesse entretê-los, cavalheiros, poderia ler algumas passagens dessa carta — ele sacou do bolso duas folhas enormes preenchidas com letra miúda e agitou-as. — Certamente causariam impressão, pois foram escritas de forma simples, mas inteligente e bem-intencionada, e com muito amor, ao pai da criança. Não quero entretê-los, porém, além do necessário para dar esclarecimentos, tampouco quero magoar os sentimentos que meu sobrinho porventura possa ter, pois ele poderá, se desejar, ler a carta no silêncio do quarto já preparado para ele.

Karl, porém, não tinha qualquer sentimento por aquela moça. No tumulto de um passado cada vez mais distante, ela estava sentada na cozinha, ao lado do armário, com o cotovelo na parte superior. Ela o observava quando ele entrava na cozinha para pegar um copo de água para o pai ou para atender a um pedido da mãe. Às vezes ela se inclinava de forma estranha no armário da cozinha para escrever uma carta a Karl, buscando inspiração no rosto dele. Às vezes cobria os olhos com a mão, e não lhe vinham as palavras. Às vezes se ajoelhava no quartinho estreito ao lado da cozinha e rezava diante de um crucifixo de madeira; Karl a observava timidamente pela porta um pouco entreaberta. Às vezes ela corria pela cozinha e voltava correndo para o quarto, rindo como uma bruxa, quando cruzava com Karl. De vez em quando fechava a porta da cozinha quando Karl entrava, e segurava a maçaneta com a mão até que ele pedisse para sair. Por vezes, lhe trazia coisas que ele não queria, e as colocava em suas mãos silenciosamente. Uma vez, porém, disse "Karl", e conduziu o rapaz, espantado com a abordagem inesperada, entre suspiros e caretas, para o quartinho, que ela trancou. Sufocando-o, agarrou o pescoço dele enquanto pedia que a despisse, mas na verdade foi ela quem o despiu e o deitou em sua cama, como se não quisesse que ele fosse de mais ninguém, iria acariciá-lo e cuidar dele até o fim do mundo. — Karl, meu Karl! — gritava, como se pudesse olhar para ele e confirmar que ele pertencia a ela, mas ele não via coisa alguma e se sentia desconfortável com as muitas cobertas que ela empilhara sobre ele. Então ela se deitou ao lado dele e quis descobrir alguns de seus segredos, mas ele não conseguiu revelar nenhum, e ela, a sério ou de brincadeira, se enfureceu e o sacudiu, auscultou seu coração, ofereceu o seio a ele para que ele a auscultasse, e como Karl mostrava-se incapaz de fazê-lo, ela pressionou a barriga nua contra o corpo dele, e procurou com a mão o que havia entre as pernas dele de forma tão indecente que ele sacudiu a cabeça e o pescoço para fora do travesseiro, apertou a barriga contra a dele algumas vezes, teve a sensação de que ela fazia parte dele e, talvez por isso mesmo, sentiu uma terrível necessidade de receber ajuda. Após muitos apelos, ele voltou chorando para a cama. Assim foi, e o tio decidira fazer disso tudo uma grande história. A cozinheira também pensava assim, e avisou o tio sobre a chegada dele. Ela fizera muito bem, e um dia ele iria retribuir.

— E agora — clamou o senador — quero ouvir de você com franqueza se sou ou não seu tio.

— Você[55] é meu tio — disse Karl, beijando a mão dele, e a seguir ganhou um beijo na testa. — Estou muito feliz por encontrá-lo, mas se engana se pensa que meus pais só falam mal de você. Contudo, houve alguns erros na sua fala, quero dizer, as coisas não foram bem assim. Daqui você não pode avaliar tão bem, e, além disso, creio que não haverá maiores problemas se os cavalheiros forem informados, de forma imprecisa, sobre uma questão que para eles não é de grande importância.

— Belas palavras — disse o senador, conduzindo Karl até o capitão, visivelmente interessado, e perguntou:

— Não tenho um sobrinho esplêndido?

— Estou feliz — disse o capitão com uma reverência que só pessoas com formação militar poderiam fazer — por conhecer seu sobrinho, senhor senador. É uma grande honra que meu navio tenha sido o local de tal encontro. A viagem no convés inferior deve ter sido muito desconfortável, sabemos bem quem faz a viagem ali. Bem, fazemos o possível para tornar a viagem mais confortável, bem mais, por exemplo, que a linha americana, mas ainda não conseguimos tornar tal viagem realmente agradável.

— Não me incomodei — disse Karl.

— Ele não se incomodou! — repetiu o senador, rindo alto.

— Só que perdi minha mala — e então se lembrou de tudo o que acontecera, do que faltava fazer, olhou em volta e viu todos os

55 Karl chama o tio de *Du*, "tu", "você" no Brasil, como é comum em países de língua alemã.

presentes quietos nos lugares onde estavam antes, de olhos voltados para ele. Somente os funcionários da autoridade portuária, na medida em que seus rostos austeros e autoconfiantes permitiam identificar, mostravam-se incomodados por terem chegado em um momento tão inconveniente, e os relógios de bolso que traziam eram mais importantes do que qualquer coisa que tivesse acontecido ou que viria a acontecer naquela cabine.

Depois do capitão, o primeiro a expressar simpatia foi, de forma surpreendente, o foguista.

— Minhas cordiais congratulações — disse ele, apertando a mão de Karl, como se quisesse obter algum reconhecimento. Quando quis dirigir as mesmas palavras ao senador, este recuou, como se o foguista tivesse ultrapassado seus limites; o foguista deteve-se imediatamente.

Os demais perceberam o que deveriam fazer, e imediatamente armaram uma confusão em torno de Karl e do senador. Ocorre que Karl recebeu congratulações até de Schubal, que aceitou, e pelas quais agradeceu. Os últimos, quando a paz já reinava no recinto, foram os funcionários da autoridade portuária, que provocaram risos ao dizer duas palavras em inglês.

O senador estava absolutamente disposto a desfrutar plenamente de pequenos momentos e de relembrar outros, o que não somente foi aceito, como também despertou o interesse de todos. Então ele chamou atenção para o fato de ter anotado, em sua caderneta, os sinais mais distintivos de Karl, mencionados na carta da cozinheira, para um possível uso futuro. Para se distrair durante a intragável tagarelice do foguista, havia sacado a caderneta, e como num jogo tentara relacionar as observações da cozinheira, que não tinham uma precisão detetivesca, com a aparência de Karl.

— E assim se encontra um sobrinho! — concluiu, como se esperasse receber novamente congratulações.

— O que vai acontecer com o foguista agora? — perguntou Karl após a última história do tio. Acreditava que, em sua nova posição, podia dizer em voz alta tudo o que pensava.

— Ele terá o que merece! — disse o senador. — O que o senhor capitão julgar adequado. Penso que já estamos fartos desse foguista, e os demais cavalheiros aqui presentes hão de concordar comigo.

— Uma questão de justiça não depende disso — disse Karl. Ele estava entre o tio e o capitão, e pensava, talvez influenciado por essa posição, que a decisão estava em suas mãos.

Parecia que o foguista já não tinha qualquer esperança. As mãos estavam parcialmente enfiadas no cinto, e seus movimentos nervosos destacavam as listras da camisa. Não se preocupava com isso, havia expressado todo o seu sofrimento, quem sabe reparariam nos trapos que tinha sobre o corpo e o deixariam ir. Imaginou que o camareiro e Schubal, os dois de nível hierárquico mais baixo ali, concederiam a ele um último favor. Schubal teria paz, não ficaria mais enlouquecido, como dissera o tesoureiro. O capitão poderia contratar romenos legítimos, no navio só se falaria romeno, e talvez tudo correria melhor. Nenhum foguista iria tagarelar na frente da tesouraria, só se lembrariam com carinho da última tagarelice, pois, como dissera claramente o senador, tinha sido a causa indireta da descoberta do sobrinho. Este sobrinho, a propósito, havia tentado ser útil para ele várias vezes, e já o havia agradecido de forma mais que suficiente por tê-lo ajudado no reencontro com o tio; ao foguista não ocorreu pedir-lhe mais alguma coisa. Além disso, ainda que fosse sobrinho do senador, estava longe de ser capitão, e as palavras terríveis acabariam saindo da boca do capitão. Assim, por sua decisão, o foguista tentou não olhar para Karl, mas infelizmente não havia outro naquela cabine hostil onde poderia fixar os olhos.

— Não me entenda mal — disse o senador a Karl —, pode

até ser uma questão de justiça, mas ao mesmo tempo é uma questão de disciplina. Ambas, e especialmente esta última, estão sujeitas à avaliação do capitão.

— Isso mesmo — murmurou o foguista. Os que notaram e entenderam riram surpresos.

— Bom, já atrapalhamos muito o capitão em seus deveres de ofício, que se acumulam de forma inacreditável por ocasião do desembarque em Nova York, e já está mais do que na hora de deixarmos o navio, para não transformar essa pequena disputa entre dois maquinistas em um grande evento com uma interferência absolutamente desnecessária. Entendo perfeitamente sua forma de agir, querido sobrinho, e é exatamente isso que me dá o direito de afastá-lo daqui o mais rápido possível.

— Vou preparar imediatamente um bote para os senhores — disse o capitão, sem fazer a menor objeção, para espanto de Karl, às palavras do tio, que sem dúvida poderiam ser interpretadas como uma auto-humilhação de sua parte. O tesoureiro correu apressado para a escrivaninha e transmitiu por telefone a ordem do capitão ao contramestre.

"O tempo está se esgotando", disse Karl para si mesmo, "mas não posso fazer nada sem desagradar a todos. Nem posso abandonar meu tio agora, pois acabou de me encontrar. O capitão é até educado, mas onde entra a disciplina, a educação termina. Meu tio falou com ele com a maior sinceridade. Com Schubal não quero falar, sinto muito por ter apertado a mão dele. Os demais não passam de borra-botas".

Com esses pensamentos, foi lentamente até o foguista, tirou a mão dele do cinto e a segurou, por brincadeira, com a própria mão.

— Por que você não disse nada? — perguntou ele. — Por que deixa que tudo isso lhe aconteça?

O foguista só franziu a testa, como se procurasse algo para dizer. Olhou para a mão de Karl e para a sua.

— Você foi injustiçado, mais do que qualquer outra pessoa no navio, tenho certeza disso.

Karl movia os dedos entre os dedos do foguista, que olhava ao redor com um brilho nos olhos, como se experimentasse um bem-estar que ninguém poderia proporcionar.

— Você tem de se defender, dizer sim ou não, ou essas pessoas não terão ideia da verdade. Você tem de prometer que fará o que eu disser, pois, de outro modo, tenho motivos para crer que não vou poder ajudá-lo.

E Karl chorou enquanto beijava a mão rachada e quase sem vida do foguista, e a apertou contra as bochechas, como se fosse um tesouro ao qual estava prestes a renunciar. Mas o tio senador já estava a seu lado e o puxou de leve.

— Parece que esse foguista o encantou — disse ele, olhando de forma compreensiva para o capitão, por sobre a cabeça de Karl. — Você se sentiu abandonado, encontrou o foguista e está agradecido a ele, é algo muito elogiável. Mas não leve isso longe demais, por consideração a mim, entenda a sua posição.

Ouviu-se um barulho do outro lado da porta, eram gritos, era como se alguém estivesse batendo brutalmente na porta. Um marinheiro entrou, alvoroçado, com um avental de mulher.

— Tem gente lá fora — gritava, acotovelando-se como se ainda estivesse em meio à multidão. Por fim se conteve, e estava prestes a saudar o capitão quando percebeu que estava com um avental de mulher, então jogou-o no chão e gritou:

— Que nojo, colocaram um avental de mulher em mim.

A seguir, bateu os calcanhares e fez uma saudação. Alguém ensaiou uma risada, mas o capitão disse em tom severo:

— Isso é o que chamo de bom humor. Quem está lá fora?

— São minhas testemunhas — disse Schubal dando um passo à frente. — Peço sinceras desculpas pelo comportamento inadequado deles. Em uma viagem marítima, as pessoas às vezes ficam um pouco perturbadas.

— Chame-as imediatamente — ordenou o capitão, e voltando-se imediatamente para o senador, disse num tom amistoso, mas firme:

— Prezado senador, peço ao senhor a gentileza de, acompanhado do senhor seu sobrinho, seguir este marinheiro, que os conduzirá até o bote. Nem preciso dizer que foi uma honra conhecê-lo pessoalmente. Gostaria de em breve ter a oportunidade de retomar nossa conversa sobre as condições da frota americana, que talvez venha a ser novamente interrompida por uma razão tão agradável como a de hoje.

— Por ora este sobrinho me basta — disse o tio, rindo. — Aceite o senhor meus mais sinceros agradecimentos por sua gentileza, e passe bem. Aliás, não seria de todo impossível que nós — e apertou Karl contra si — pudéssemos porventura passar um longo tempo juntos em nossa próxima viagem à Europa.

— Seria um prazer — disse o capitão.

Os dois cavalheiros apertaram as mãos; Karl só pode estender a mão ao capitão rapidamente e calado, pois este já era solicitado por umas quinze pessoas que, lideradas por Schubal, entravam na cabine de forma desorientada e barulhenta. O marinheiro pediu licença ao senador para ir na frente e abrir caminho por entre a multidão, de modo que ele e Karl pudessem passar facilmente entre as pessoas que se curvavam. Parecia para aquelas pessoas, que no fundo eram bem-humoradas, que a discussão entre Schubal e o foguista fora apenas uma brincadeira, que não cessara até chegar ao capitão. Karl notou que entre eles estava Line, a moça da cozinha, que, piscando para ele e gracejando, colocou o avental que o marinheiro havia jogado no chão, pois era o dela.

Seguindo o marinheiro, deixaram o escritório e entraram em um pequeno corredor, e após alguns passos chegaram a uma portinhola, da qual descia uma escadinha até o bote, que já estava preparado para eles. Os marinheiros que já estavam no bote ergueram-se e fizeram uma saudação, enquanto o líder, com um salto, assumia seu posto. O senador advertia Karl para descer com cuidado quando ele, ainda no degrau mais alto, começou a chorar convulsivamente. O senador pôs a mão direita sob o queixo de Karl, segurou-o com força e o acariciou com a mão esquerda. Desceram lentamente, degrau por degrau, e entraram juntos no bote, onde o senador escolheu um assento confortável para Karl, de frente para ele. A um sinal do senador, os marinheiros afastaram-se do navio e puseram-se a trabalhar. Haviam se afastado uns poucos metros do navio quando Karl constatou, de forma inesperada, que estavam na lateral da embarcação onde havia as janelas que davam para a tesouraria central. As três janelas estavam tomadas pelas testemunhas de Schubal, que cumprimentavam e acenavam de forma amistosa, até o tio retribuiu, e um marinheiro conseguiu a façanha de jogar um beijo com as mãos sem parar de remar. Era como se o foguista não estivesse mais lá. Karl olhava atentamente para o tio, com os joelhos quase encostados nos dele, e tinha dúvidas se aquele homem poderia substituir o foguista. O tio evitou seu olhar, observava as ondas que balançavam o barco.